Felix

und seine Abenteuer

Dieses Buch widme ich unserem ersten Kater, Felix, den wir aus dem Tierheim holten. Er suchte uns aus, indem er meinem Mann auf die Schulter sprang und sofort Köpfchen gab.
Felix lebte fast acht Jahre bei uns und wird immer einen Platz in unseren Herzen haben.

Gisela Kurfürst-Meins

Felix

und seine Abenteuer

Bibliografische Information der Deutschen Nationalbibliothek:

Die Deutsche Nationalbibliothek verzeichnet diese Publikation in der Deutschen Nationalbibliografie; detaillierte bibliografische Daten sind im Internet über http://dnb.dnb.de abrufbar.

2. Auflage

Illustration: **Gisela Kurfürst-Meins**

Korrektur: **Sebastian Schmidt (www.lektorat-textbasis.de)**

Herstellung und Verlag: BoD – Books on Demand, Norderstedt

ISBN: 978-3-7322-4182-8

Inhalt

Vorwort

Es war an einem kalten Novembertag im Jahre 1993, der Winter brach schon sehr früh herein. Die Temperaturen lagen nachts bei -15 Grad. Wir wohnten damals in einer Zweizimmerwohnung in einem alten Bauernhaus. Ein Schornstein ging durch unser Wohnzimmer. Durch die Kälte draußen sind wohl die Mäuse auf unseren Dachboden gelangt. Und weil der Schornstein nicht richtig dicht war, auch in unser Wohnzimmer.

Mein Mann hatte es schon länger vermutet, denn er sah, abends beim Fernsehen, oft einen Schatten auf dem Fußboden vorbeihuschen. Ich bin bestimmt eine Tierliebhaberin, aber Mäuse wollte ich nicht in der Wohnung haben, also musste eine Katze her. Gesagt, getan. Am 6. November fuhren wir ins Tierheim und wollten uns eine Katze aussuchen. Ich hatte damals, im Gegensatz zu meinem Mann, keinerlei Ansprüche an die Katze (außer, dass sie Mäuse fangen sollte). Deshalb war ich auch ganz unbedarft. Mein Mann hingegen hatte klare Vorstellungen! Die Katze durfte nicht mehr als ein Jahr zählen, sie sollte stubenrein und sehr schmusig sein. So sagte er es auch einer Tierpflegerin, die dann etwas erbost antwortete: „Dann kaufen Sie sich doch lieber ein Stofftier." Ich bekam davon aber nichts mit, weil ich in einem anderen Raum war und mir schon eine hübsche Katze ausgesucht hatte. Aber oftmals kommt es anders, als man denkt.

Ich stehe in dem Zimmer und auf einmal springt mich ein ganz schlanker, schwarzer Kater an, mit weißem Fleck im Gesicht und weißen Schuhen. Erst war ich total erschrocken, aber instinktiv habe ich ihn gehalten, das Katerchen gab Köpfchen und leckte meine Wange ab. Da war für mich klar: „Den oder keinen."

Mein Mann erklärte sich einverstanden, auch als er erfuhr, dass der Kater schon mindestens fünf Jahre zählte und über ein Jahr im Tierheim lebte. Die Tierpflegerin stimmte zu, vor allem weil ich ihr sagte, dass das Tier *uns* ausgesucht hatte. Wir nahmen den kleinen Kerl mit nach Hause.

Meine Stieftochter besitzt selbst Katzen, deshalb versorgte sie uns mit allem, was nötig war, damit der Kater sich bei uns wohlfühlen konnte.

Das Katerchen inspizierte auch gleich ganz neugierig unsere kleine Wohnung, weihte das Katzenklo ein, probierte ein bisschen von dem leckeren Futter und sprang dann auf meinen Schoß, um zu schlafen.

Später, als es Zeit war, ins Bett zu gehen, sperrte ich die Schlafzimmertür zu, aber Felix, wie wir ihn nannten, wollte unbedingt mit ins Zimmer. Das wollte ich nicht, er sollte doch die Mäuse vertreiben. Mein Mann, der von Natur aus sehr gutmütig ist, sagte: „Lass ihn doch rein, es ist seine erste Nacht bei uns, er hat sicher Angst." Ich dachte: „So habe ich mir das nicht vorgestellt, den kann ich nicht behalten. Dann werden die

Mäuse eben vergiftet und der Kater wird wieder abgeschafft." Mein Mann hat dann mir zuliebe auf dem Sofa im Wohnzimmer geschlafen. Am anderen Tag rief er seinen Sohn an, erzählte ihm die ganze Geschichte und fragte ihn: „Willst du nicht einen schönen schwarzweißen Kater haben?" Er antwortete: „Okay, ich nehme das Tier, aber erst am Wochenende." Bis dahin waren es noch sechs Tage und mein Mann hatte Sonntagabend Nachtschicht, ich musste also mit dem Katerchen und den Mäusen alleine bleiben.

Als es dann Abend wurde und mein Mann zur Arbeit ging, schlich ich mich ins Schlafzimmer. Ich weiß nicht, ob der Kater es nicht bemerkte oder ob er instinktiv wusste, dass ich ihn nicht im Schlafzimmer haben wollte. Jedenfalls blieb Felix im Wohnzimmer. Nachts wachte ich dann auf, weil es nebenan rumorte. Erst wollte ich aufstehen, bin dann aber gleich wieder eingeschlafen. Am anderen Morgen traf mich fast der Schlag, lagen doch drei tote Mäuse vor der Schlafzimmertür. Erst wollte ich hysterisch schreien, aber dann setzte endlich mein Gehirn wieder ein und ich lobte unseren Mäusefänger.

Ich muss natürlich nicht berichten, dass Felix bei uns blieb, er hatte ganz schnell mein Herz erobert, nicht nur durch die Mäusejagd. Mäuse hatten wir seit dieser Zeit nie wieder!

Wie alles begann

Der kleine Kater, nennen wir ihn Felix, bettelte mit vielen anderen Katzen vor der Moschee um Futter.
Er war gerade von seiner Mutter verstoßen worden. Sie gebar drei Kinder, zwei Mädchen und einen Jungen. Die Katzenmama kümmerte sich um ihre Jungen bis sie ihnen alles beigebracht hatte, was Katzenkinder wissen müssen, um in dieser schrecklichen Welt zu überleben. Dann trennte sie sich von ihnen. Jede Katze macht das so, wenn der Mensch nicht eingreift.

Der kleine Kater schloss sich den unzähligen Moschee-Katzen in Kairo an. Sie wurden geduldet, doch oft bekamen sie nichts zu essen, denn die Menschen hatten selbst wenig. Mäuse gab es auch nicht genug. Dafür waren es einfach zu viele Katzen.

Früher, zu Zeiten des Pharaos, verehrte man die Katzen wie Götter. Das hatte auch seinen Grund, denn das Korn war sehr wertvoll. Um die unzähligen Mäuse und Ratten fernzuhalten, gab es die Katzen.

Aber weil, wie in vielen Ländern, die Tiere nicht kastriert wurden, vermehrten sie sich sehr schnell. Und wenn es zu viele gab, kamen sie in die Tötungsstationen.

Doch zurück zu unserem kleinen Kater. Er hatte schwarzes Fell und im Gesicht weiße Flecken und weiße Stiefelchen an. Auch seine Brust und sein Latz sahen weiß aus.

Weil er ziemlich klein war, bekam er von dem wenigen Futter, was man den Katzen gab, kaum etwas ab. Deshalb hatte er nicht viel auf den Rippen.

Wie Sevim Felix kennenlernte

Sevim, die Witwe von Achmed Ali Badu, lebte in einem schönen Stadthaus nicht weit von der Moschee entfernt. Sie hatte eine erwachsene Tochter, Amila. Amila war mit einem Ingenieur des Gartenbaus verheiratet. Sie besaßen ein Haus in einem wohlhabenden Stadtviertel von Kairo.

Sevim hatte sehr viel Zeit und verbrachte den Tag in Langeweile. Sie stand gegen elf Uhr auf, dann frühstückte sie und später ließ sie sich von ihrer Haushälterin einen Tee bringen, den sie in ihrer Orangerie zu sich nahm.

Eines Tages, sie saß gerade in ihrem Garten, kam ein kleines, weißes Kätzchen auf ihre Terrasse. Es war noch sehr jung und unerfahren. Sevim sah es und verliebte sich sofort in das Fellnäschen. Doch ehe sie die Kleine überhaupt anfassen konnte, kam schon die Nachbarin und rief: „Sevim, hast du meine Samira gesehen? Sie ist zu dir hinübergelaufen." Sevim antwortete: „Ja, hier ist sie, die ist aber niedlich. Wo hast du sie her?" – „Samira ist mir vor der Moschee zugelaufen. Sie war so klein und mager, dass ich es nicht übers Herz gebracht habe, sie dazulassen", erzählte die Nachbarin. „Das kann ich gut verstehen, sie ist ein sehr hübsches Kätzchen. So ein Tier muss ich auch haben", sprach Sevim. Die beiden Frauen plauderten noch ein bisschen. Dann nahm die Nachbarin ihre Katze und lief nach Hause.

Sevim ging die ganze Geschichte nicht mehr aus dem Kopf. „Warum sich keine Katze zulegen? Meine Tochter hat kaum Zeit für mich. Sie muss sich um ihren eigenen Haushalt kümmern. Mit einer Katze hätte ich endlich wieder eine Aufgabe", sprach sie zu sich.

Sie rief ihre Haushälterin und sagte zu ihr: „Lela, hol mir meinen Sonnenschirm und lass uns zur Moschee gehen." Lela machte das, was man ihr aufgetragen hatte, und schon ging es zur Moschee.

Dort waren ungefähr zwanzig Katzen, junge, alte, schwarze, rote, getigerte, weiße, gefleckte und sogar einige Rassekatzen. Sevim wollte aber eine kleine Katze. Sie sollte nicht älter als zwölf Wochen sein.

Felix, der immer auf der Suche nach etwas Essbarem war, ging zu Sevim und rieb sich an ihrem Kaftan. Er wusste, wenn Menschen kamen, dann bedeutete das meistens Futter. Sevim sah nach unten und entdeckte den Kater. „Du bist aber ein mageres kleines Kätzchen. Dich muss ich ja erst einmal aufpäppeln." Sie bückte sich und nahm den Kater auf den Arm. Er gab gleich Köpfchen und schnurrte ganz laut. Sie lief mit ihm nach Hause.

Dort angekommen, wusste sie nicht, was sie machen sollte. „Was frisst so eine Katze, wo verrichtet sie ihre Notdurft und wo soll sie schlafen?" Alle diese Gedanken gingen ihr durch den Kopf. Sie rief nach Lela und fragte sie: „Weißt du, wie man eine Katze versorgt und was diese so braucht?" Die Haushälterin hatte keine Ahnung.

Sie dachte sowieso, dass ihre Herrin verrückt geworden sei. „Katzen hat man nicht in der Wohnung, die kann man ab und zu mal füttern, aber das war's auch schon." Doch etwas zu fressen könne man dem Kätzchen schon mal geben. Vom Vortag war noch ein bisschen Hähnchen-Pilaw übrig geblieben, das bekam Felix. Dieser stürzte sich auf das Futter und verschlang alles in Sekundenschnelle. Dann sprang er auf Sevims Schoß und rollte sich zum Schlafen ein. Ihr gefiel es am Anfang gut, doch irgendwann wollte sie sich bewegen und das ging nun nicht. So hatte sie sich das nicht vorgestellt, außerdem sah sie, wie kleine schwarze Punkte hin und her hüpften. Der Kater hatte natürlich Flöhe.

Sevim legte ihn auf ein Kissen, ging zu ihrer Nachbarin und fragte sie, was man gegen die Flöhe machen könne. Außerdem erkundigte sie sich, wie man eine Katze versorge. Ihre Nachbarin gab ihr gerne Auskunft. Sie sagte: „Du brauchst für sie zwei Näpfe, einen für Wasser, den anderen für Futter. Ein Kistchen mit Sand, damit sie, wenn sie mal muss, weiß, wo sie hin kann. Ein oder zwei Kuscheldecken, damit sie eine weiche Unterlage zum Schlafen hat. Einen Kratzbaum oder etwas anderes, woran sie ihre Krallen wetzen kann. Außerdem musst du dir einen Tierarzt suchen, damit die Katze entfloht, entwurmt und geimpft werden kann. Später musst du sie noch kastrieren lassen. Denn du willst doch sicher keine Katzenbabys? Wenn es ein Kater ist und du lässt ihn nicht kastrieren, könnte er in deinem Haus markieren – und das stinkt. Ich weiß, hier

17

bei uns wird das selten gemacht, aber das muss ja nicht heißen, dass wir es auch so handhaben." Sevim verdrehte die Augen und antwortete: „Na, das kann ja heiter werden. So viel Arbeit hatte ich mir nicht vorgestellt." Sie dachte bei sich: „Ich werde meine Tochter fragen, ob sie das Kätzchen haben will."

Sie rief auch gleich ihr Kind an und Amila war sofort einverstanden. Sie verabredeten, dass die Haushälterin die Katze bei ihr vorbeibringen würde.

So geschah es dann auch. Lela gab dem Kater, sie hatte gleich gesehen, dass es ein Kater war, noch eine große Portion gekochtes Geflügel, steckte ihn in ihre Einkaufstasche und brachte ihn zu Amila.

Felix bei Amila

Amila nahm den Kater entgegen. Sie hatte schon ein Kistchen mit Sand gefüllt. Felix inspizierte die ganze Wohnung und legte sich auf einen Teppich. Er schlief sofort ein. Dieses Hin und Her hatte ihn müde gemacht.

Amilas Mann, Shauki, arbeitete noch in seiner Firma, er würde sicher nichts gegen den Kater einzuwenden haben. Sie wusste, dass er ihr keinen Wunsch abschlagen konnte.

Amila bereitete das Abendessen vor und Felix roch den guten Braten. Er kam in die Küche und sprang auf den Tisch. Doch das gefiel Amila gar nicht. Sie schimpfte mit ihm: „So geht das nicht, mein Kleiner, dich müssen wir noch erziehen."

In der Zwischenzeit kam Shauki nach Hause und hatte großen Hunger. Er begrüßte seine Frau und fragte sie, wie ihr Tag heute gewesen sei. Sie antwortete: „Ich habe heute von meiner Mutter ein Geschenk bekommen. Ab heute sind wir zu dritt, sie hat mir einen kleinen Kater gegeben." Shauki begriff erst gar nicht was sie meinte. „Wie, einen kleinen Kater gegeben? Meinst du einen lebendigen?" – „Ja, einen, der lebt und mir meine Zeit vertreibt, wenn du arbeitest. Du hast doch hoffentlich nichts dagegen?", antwortete sie. Shauki sagte: „Meinetwegen darfst du ihn behalten. Er soll nur nichts kaputt machen und keine Krankheiten anschleppen. Wo ist er denn überhaupt, ich möchte ihn mir einmal ansehen." Amila ging ins Wohnzimmer und holte Felix.

Shauki schaute ihn sich an und fand ihn wie alle Katzen: uninteressant. Shauki war kein großer Tierfreund, aber seiner Frau zuliebe ließ er ihr den Kater.

Doch dann sagte er zu ihr: „Nun möchte ich aber zu Abend essen, ich habe schon mächtigen Hunger." Amila deckte den Tisch und trug das Essen auf. Anschließend versorgte sie noch den Kater und bald gingen sie ins Bett. Shauki musste immer sehr früh aufstehen. Felix durfte im Wohnzimmer schlafen. Er erkundete in der ersten Nacht die Wohnung. Er sprang auf das Fensterbrett und beobachtete die ägyptische Nacht. Im Garten tummelten sich ein paar Mäuse, die er am liebsten gejagt hätte.

Am anderen Morgen, es wurde gerade hell, standen die Eheleute auf. Amila bereitete das Frühstück vor, währenddessen Shauki sich für seine Arbeit fertig machte. Felix wartete auf sein Futter, das Amila ihm auch gleich gab. Dann ging auch sie ins Bad, um sich zu waschen. In der Zwischenzeit sprang Felix auf den Tisch und naschte vom Ziegenkäse. Shauki kam gerade in die Küche und sah den Kater – und weil er eine Zeitung in der Hand hatte, haute er diese Felix auf den Pelz. Er sagte zu dem Kater: „Das gibt es bei uns nicht, du hast nichts auf dem Tisch zu suchen!" Felix war sehr erschrocken und versteckte sich unter einem Schrank. Er traute sich erst wieder hervor, als Shauki schon längst weg war.

Immer wenn der Kater etwas tat, das Shauki nicht gefiel, zog er ihm mit der Zeitung eins über.

Felix bekam mit der Zeit richtige Angst vor Shauki und ging ihm aus dem Weg. Amila hingegen verwöhnte ihn sehr.

Sie stand jeden Tag mit Shauki auf und frühstückte mit ihm. Wenn er dann zur Arbeit fuhr, legte sie sich noch einmal ins Bett und schlief noch drei Stunden. Felix durfte jedes Mal mit ins Schlafzimmer. Dann standen beide auf und es gab noch einen kleinen Imbiss. Amila erledigte ihre Hausarbeit und Felix durfte in den Garten. Am Nachmittag ging sie oft auf den Markt, um Einkäufe zu tätigen. Felix blieb in der Zwischenzeit allein. Er war nun fast vier Monate alt und ein bisschen ängstlich, was sicher mit Shauki und der Zeitung zu tun hatte.

Amila bekommt ein Baby

Eines Morgens ging es Amila nicht gut, ihr war übel und sie musste sich übergeben. Shauki machte sich große Sorgen. Er rief in seiner Firma an, dass er den heutigen Tag freinehmen möchte. Nach dem Frühstück brachte er seine Frau zum Arzt. Dieser stellte fest, dass Amila ein Baby bekommen würde. Die beiden Eheleute freuten sich riesig, denn sie wünschten sich schon lange ein Kind. Als beide wieder zu Hause waren, versorgte Amila Felix und dann fuhren sie zu ihrer Mutter, um ihr die Neuigkeit persönlich zu sagen.

Sevim wurde Großmutter, was für eine tolle Nachricht! Auch sie hatte schon lange auf ein Enkelkind gehofft. Sie malte sich aus, wie es sein würde, wenn das Kind auf der Welt wäre. Sevim würde es oft zu sich holen und das Kleine verwöhnen. Doch jetzt musste sich Amila schonen, deshalb schlug Sevim vor, dass sie ein paar Wochen, bei ihnen verbringen wolle. Shauki war es recht, er musste sowieso den ganzen Tag arbeiten. Amila begeisterte die Idee nicht so ganz, aber sie kannte ihre Mutter – Widerwort wäre zwecklos gewesen. Wenn sie sich etwas in den Kopf gesetzt hatte, konnte man sie schwer vom Gegenteil überzeugen. Deshalb antwortete sie ihrer Mutter: „Ja gern, du kannst ja im Gästezimmer schlafen und Lela in der kleinen Mansarde." Sevim ließ ein paar Sachen packen

und dann fuhren sie zu Shauki und Amila. An Felix dachte in diesem Moment niemand.
Der Kater schlief zu Hause friedlich auf seinem Teppich und träumte von fetten Mäusen.

Sevim und ihre Tochter

Als die bunte Gesellschaft zu Hause angekommen war, zeigte Amila ihrer Mutter das Gästezimmer.
Shauki ging mit Lela in die kleine Mansarde. Er sagte zu ihr: „Ich hoffe, du fühlst dich hier genauso wohl wie bei deiner Herrin. Ich werde dir noch ein paar Pfund mehr bezahlen, als Sevim dir gibt. Du musst auch ein paar Aufgaben von Amila übernehmen. Ich möchte, dass sie sich ein wenig schont." Lela war einverstanden, sie hatte ihr ganzes Leben lang für andere gearbeitet und würde auch das schaffen. Ein bisschen mehr Lohn konnte sie gut gebrauchen. Ihr Neffe studierte in Kairo und sie steckte ihm immer etwas zu. Weil sie keine eigenen Kinder hatte, vergötterte sie den Jungen regelrecht.

Shauki wollte noch ein paar Besorgungen erledigen und ließ die Frauen allein. Diese wollten erst einmal einen Tee trinken. Felix gesellte sich zu ihnen und wurde von Sevim ausgiebig gestreichelt. Doch dann fiel ihr ein, dass eine Schwangere eigentlich gar nicht mit Katzen in Berührung kommen dürfte. Sie hatte irgendwo mal gelesen, dass durch Katzen Toxoplasmose übertragen werde. Die angehende Mutter könne dadurch ein behindertes Kind bekommen oder es ganz verlieren. Deshalb sagte sie: „Amila, der Kater muss weg, du willst doch kein krankes Baby bekommen?"

Die werdende Mutter hatte aber schon vorher eine Menge über Katzen und die von ihnen übertragbaren Krankheiten gelesen. Auch über Toxoplasmose, deshalb sagte sie zu ihrer Mutter: „Ich darf nur nicht ohne Handschuhe das Katzenklo säubern, das ist alles. Ich habe auch den Arzt gefragt, ob ich etwas beachten müsse, und der sagte das Gleiche. Mutter, mach dir keine Sorgen, Felix gehört auch zur Familie. Ich möchte ihn nicht mehr hergeben, er ist mir ans Herz gewachsen." – „Gut, wenn der Arzt es sagt, dann will ich dir mal glauben. Doch sei bitte vorsichtig."

Sevim wollte auf jeden Fall noch einmal mit Shauki sprechen, so ganz geheuer war ihr das nämlich nicht.

Felix hatte von alledem nichts mitbekommen. Er ging in den Garten und ließ es sich gut gehen.

Unruhen in Kairo

Shauki kam wieder nach Hause und Sevim nahm ihn gleich zur Seite. Sie sagte ihm ihre Bedenken wegen des Katers und der Schwangerschaft.

Shauki war sowieso nicht gerade Felix' Freund, deshalb sprach er: „Der Kater muss weg, doch wir müssen ihn heimlich wegbringen. Amila darf das nie erfahren, sie hängt an ihm. Ich schlage vor, dass ich ihn in den nächsten Tagen, wenn die Gelegenheit da ist, einfange und zurück zur Moschee bringe. Dort leben schon viele andere Katzen und da fällt er nicht auf."

Doch dazu kam es erst einmal nicht, denn in den folgenden Wochen geschah so viel, dass sie gar nicht mehr an Felix dachten.

Ägypten war ein Pulverfass, die ärmsten des Landes wollten sich die Kluft zwischen Arm und Reich nicht länger gefallen lassen. Es gab eine Menge Unruhen in der Stadt. Luxushotels wurden angezündet, Aufrührer zogen durch Kairo und riefen zum Sturz von Mubarak auf.

Die Familie wollte sich lieber in Sicherheit bringen und packte ihre Sachen. Sie fuhren mit Felix aufs Land. Shauki gehörte ein hübscher kleiner Landsitz, den er von seinen Eltern geerbt hatte.

Sie fuhren ein paar Stunden, bis sie endlich ankamen. Das Gepäck und Felix wurden von einem uralten Hausdiener, der schon dem Großvater von Shauki gedient hatte, ins Haus gebracht. Sein Name war Machmut. Er hielt das Haus in Ordnung und kümmerte sich um anfallende Reparaturen. Außerdem gab es noch eine Köchin, Rania, sie war Fellachin und kam nur am Tag.

Shauki und Amila hatten in ihrer Stadtwohnung keine Bediensteten, sie wollten lieber allein sein. Doch hier auf dem großen Anwesen brauchten sie Machmut und Rania.

Auf dem Land

Felix wurde aus seiner Transportbox gelassen und inspizierte das Haus. Amila zeigte ihm seine Näpfe und das Katzenklo. Der Kater begriff sehr schnell und begann sein Reich zu markieren. Er rieb an allen Gegenständen sein Köpfchen.

Lela gab ihm Futter und strich ihm über den Kopf. Sie hatte ihn mittlerweile lieb gewonnen. Selbst Sevim konnte dem Charme des Katers nicht wiederstehen. Nur Shauki, er mochte Felix immer noch nicht. Er konnte dieses Anschmusen nicht leiden. Eigentlich war er nur eifersüchtig auf den Kater, weil sich Amila so viel mit ihm beschäftigte. Doch das hätte er nie zugeben.

Die Familie richtete sich häuslich ein. Die Tage vergingen. Felix durfte in den Garten und tobte durch diesen. Er hatte sich eine Unart angewöhnt, die Amila überhaupt nicht gefiel. Er fing Vögel und brachte sie lebend ins Haus. Diese waren so verängstigt, dass sie oft auf die höchsten Stellen im Haus flogen. Außerdem ließen sie ihren Kot fallen, sodass die Zimmer hinterher furchtbar aussahen. Einmal beobachtete das auch Shauki und für ihn stand fest: „Der Kater muss endlich weg und das schnell."

Felix wird weggebracht

An einem schönen Morgen, Amila schlief noch, stand Shauki auf. Er aß eine Kleinigkeit, packte den Kater und steckte ihn in die bereitgestellte Transportbox.

Er fuhr mit ihm nach Kairo und setzte Felix an der Moschee aus. Er sagte zu ihm: „Es ist besser so, Amila muss sich bald um das Baby kümmern, dann hat sie sowieso kaum noch Zeit für dich. Außerdem möchte ich nicht, dass du bei uns wohnst, ich konnte dich noch nie richtig leiden." Dann ging er in seine Firma.

Abends fuhr er zurück. Amila erwartete ihn schon, sie fragte, ob er Felix gesehen habe? Er antwortete ihr: „Ich habe ihn heute Morgen in den Garten gelassen, dann bin ich zur Arbeit gefahren. Mehr weiß ich nicht." Amila war sehr traurig, doch als sie dann ein paar Monate später ihr Baby bekam, dachte sie nur noch selten an Felix.

Der Kater war nun wieder dort, wo die Menschen ihn einmal gefunden hatten. Es gab hier immer noch eine Menge Katzen. Ab und zu wurden sie gefüttert, doch es reichte bei Weitem nicht für alle. Felix hatte es schwer, sich durchzusetzen. Er war es gewohnt, versorgt zu werden.

Der Kater wurde immer magerer, doch bald sollte sich sein Schicksal ändern.

Felix und Jasmin

Jasmin ging, wie jeden Montag, zu ihrer Probe. Sie spielte in einem Mädchenorchester Geige. Dabei kam sie auch an der Moschee vorbei. Heute hatte sie ein Steinchen im Schuh und wollte dieses entfernen, deshalb setzte sie sich auf die Stufen.

Felix war gerade in der Nähe und ging zu ihr hin. Er hatte wie immer großen Hunger und wollte sehen, ob das Mädchen ihm etwas Futter gäbe.

Er schmiegte sich an ihr Bein und schnurrte dabei.

Jasmins Verhältnis zu Tieren war schon immer sehr eng und dieser kleine Kerl rührte sie. Deshalb nahm sie ihn auf den Arm und sagte zu ihm: „Du bist ja federleicht, hast bestimmt großen Hunger? Ich hab nichts dabei, doch dort vorn leben meine Eltern. Ich geh' schnell hin und hole etwas." Felix verstand Jasmin nicht, aber er wartete trotzdem, bis sie wiederkam. Er sehnte sich nach menschlicher Zuwendung.

Jasmin ging schnell in die Wohnung zu ihrer Mutter, diese hatte gerade Fladenbrot gebacken und Kebab gemacht. Das Mädchen gab ihrer Mutter einen flüchtigen Kuss. Diese fragte sie: „Du bist aber schnell wieder zurück, ist die Probe ausgefallen?" Jasmin antwortete: „Nein, Mama, ich gehe heute etwas später hin. Ich brauche ein großes Stück Kebab. Ich erzähl dir alles später." Die Mutter wunderte sich zwar ein bisschen, aber sie kannte ihre Tochter: Jasmin liebte die Tiere.

Deshalb gab sie ihr das Stück. Ihre Tochter hatte im Laufe ihres jungen Lebens schon oft eine Katze oder ein anderes Tier mit nach Hause gebracht. Im Moment lebten bei ihnen drei Katzen und ein kleiner Hund.

Jasmin lief zurück zur Moschee und fütterte Felix mit dem Fleisch. Dieser stürzte sich darauf und verschlang es ganz schnell, bevor noch eine andere Katze aufmerksam würde. Das Mädchen lachte und sagte: „Nicht so schnell, sonst verträgst du das nicht. Ich muss jetzt auch los, sonst komme ich zu spät zu meiner Probe. Ich schaue heute Nachmittag noch einmal vorbei."

Sie ging und ließ den kleinen Kater allein.

Jasmin nimmt Felix mit

Jasmin kam zu spät zur Probe, der Leiter des Orchesters hatte schon ohne sie angefangen. Sie schlich sich auf ihren Platz, aber Jasmin konnte sich kaum auf ihre Musik konzentrieren, sie musste immer an den Kater denken. Der Dirigent fragte sie: „Was ist los mit dir? So kenne ich dich gar nicht." Jasmin, antwortete: „Ich glaube, ich brüte irgendetwas aus, mir geht es gar nicht gut. Am besten ich geh' nach Hause und leg mich ins Bett."

Deshalb verließ sie die Probe und lief zurück zur Moschee.

Felix wartete schon auf Jasmin. Er mochte das Mädchen. Sie nahm den Kater auf den Arm und er leckte ihr gleich die Wange ab. Jasmin wollte den Kater mitnehmen. Sie lief zu sich nach Hause. Dort empfing sie ihre Mutter mit den Worten: „Mädchen, was schleppst du denn schon wieder an? Ein Kätzchen und so dünn. Na, das müssen wir aber noch aufpäppeln. Deine anderen Katzen werden sich freuen." Sie brachte Felix in einen separaten Raum und gab ihm erst einmal etwas zu fressen. Der Kater verschlang das Futter, dann sah er sich in dem Zimmer um. Es roch nach Katzen, doch dem Kater machte es nichts aus. Er war es von klein an gewöhnt, mit anderen Katzen zu leben. Später legte er sich auf den einzigen Sessel, der in dem Zimmer stand, und schlief glücklich ein. Als er wieder aufwachte, öffnete

Jasmin die Tür und ließ die anderen Katzen herein.

Kater Amun fauchte Felix sofort an, die Katze Isis beachtete ihn gar nicht und Kater Aton gab ihm einen Nasenstüber. Mit ihm verstand sich Felix sofort.

Amun war der Lieblingskater von Jasmin, sie hatte ihn, als er erst zwei Wochen war, neben seiner überfahrenen Mutter gefunden. Er lief ihr, wie ein Hund, überall hinterher. Deshalb wurde er auch sehr eifersüchtig auf Felix. Immer wenn sie aufeinander trafen, gab es Streit. Isis mochte den neuen Kater auch nicht besonders, sie ignorierte ihn einfach. Jasmin war sehr traurig. Sie dachte erst, dass Felix und Amun sich doch noch vertragen würden. Aber es wurde immer schlimmer mit Amun, er pieselte jetzt schon in der ganzen Wohnung herum, sodass Jasmins Mutter zu ihr sprach: „Der neue Kater muss weg. Er hat hier schon alles durcheinandergebracht." Das Mädchen war zwar sehr traurig, aber sie wusste auch, dass ihre Mutter Recht hatte.

Eines Morgens nahm sie Felix wieder auf den Arm und brachte ihn zurück zur Moschee. Sie verabschiedete sich unter Tränen von ihm und sagte: „Mach's gut, mein Kleiner, ich hoffe, du wirst bald ein gutes Zuhause finden." Dann gab sie ihm noch einen Kuss auf sein Köpfchen und ließ ihn herunter.

Nun lebte Felix wieder mit den anderen Katzen vor der Moschee.

Felix und der ägyptische Junge

Mohamed, der kleine Ägypter, kam gerade von der Schule. Er hatte es schwer, sein Vater war ein Tagelöhner und verdiente sehr wenig Geld. Mohamed musste nach der Schule immer zum Flughafen und die Koffer der Touristen tragen. Heute hatte er aber eine Stunde für sich, denn ein Fach war ausgefallen, weil der Lehrer eine Konferenz besuchte. Der Kleine ging an der Moschee vorbei und streichelte dort immer die Katzen. Er liebte Tiere, vor allem Katzen. Er setze sich auf eine Treppenstufe und Felix ging zu ihm hin. Mohamed nahm ihn auf den Schoß und kraulte ihn. Der Kater genoss die Streicheleinheiten und fing an zu schnurren. Mohamed sagte zu ihm: „Na, du Kleiner, bei dir kann man ja die Rippen zählen. Ich komme morgen wieder und bring' dir was zu essen mit." Die Stunde verging viel zu schnell und dann musste der Junge auch schon zum Flughafen.

Am anderen Tag kam er wieder und brachte dem Kater etwas Ziegenkäse, den hatte er sich vom Mund abgespart. Felix stürzte sich auf den Käse und verschlang ihn in Windeseile. Mohamed nahm den Kater wieder auf den Schoß und streichelte ihn, doch dann musste er zu seiner Arbeit. Eine Woche ging das so. Mohamed kam zur Moschee, gab Felix etwas zu essen, streichelte ihn und ging anschließend arbeiten. Doch am achten Tag, als der Junge wiederkam, war Felix verschwunden. Mohamed suchte ihn überall. Er war sehr traurig, aber es gab hier noch so viele andere Katzen, die auch gerne mit Mohamed schmusten, sodass er Felix bald vergessen hatte.

Wie Felix zu Deutschen kam

Holger fuhr, wie jeden Nachmittag, mit seinem Wagen von der Arbeit nach Hause. Er war Ingenieur bei einem deutschen Unternehmen, das Ägypten bei der Wasseraufbereitung half.

Er kam auch an der Moschee vorbei und gerade in diesem Moment platzte sein Reifen. Er hielt an und, weil er immer einen Ersatzreifen im Kofferraum hatte, wechselte er das Rad. Felix war ein sehr neugieriger Kater und schaute Holger zu. Dieser sah den Kater und wollte ihn eigentlich verjagen, sprach dann aber in einem ruhigen Ton zu ihm: „Du bist aber neugierig, verschwinde mal lieber." Doch Felix konnte die Worte nicht verstehen, er merkte nur, dass dieser Mensch nichts Böses im Sinn hatte, deshalb rieb er sein Köpfchen an Holgers Hand. „Na so was, du bist aber ein zutrauliches Kerlchen und so mager. Warte mal, ich hab in meiner Tasche ein Rinderwürstchen, das kannst du haben." Wie immer stürzte der Kater sich auf das Fressen. Er war sehr hungrig.

Holger fand diesen kleinen Kerl putzig und weil seine Frau schon immer von einem Haustier träumte, wollte er ihn mit nach Hause nehmen. Holger nahm Felix hoch und setzte ihn ins Auto. Der Kater legte sich gleich auf den Beifahrersitz und war die ganze Zeit ruhig.

Als er zu Hause ankam – Holger wohnte in einer Siedlung, in der nur Europäer lebten –, rief er seine Frau, Dominique. Sie kam aus dem Haus und fragte, ob etwas passiert sei, weil er sich so verspätet habe. Er erzählte ihr von dem geplatzten Reifen, dann sagte er noch: „Ich hab dir etwas mitgebracht, schau mal auf den Beifahrersitz." Sie öffnete die Tür, sah den kleinen Kater und rief: „Oh, der ist aber niedlich, was für ein schönes Tier. Ich möchte ihn Felix nennen." Sie nahm den Kater auf den Arm und brachte ihn ins Haus. Er bekam gleich etwas zu futtern. Sie hatten auf dem Speicher noch eine Holzkiste stehen, die sie mit Sägespänen auffüllten, damit Felix auch ein Klo bekam.

Der Kater begriff auch gleich, wozu er die Kiste benutzen sollte. Er war ein sehr intelligentes Kerlchen, es dauerte nicht lange und er konnte alle Türen und Schränke öffnen. Nur die Kühlschranktür bekam er nicht auf. Dominique musste immer aufpassen, dass der Kater nicht irgendetwas zerfledderte. Felix fühlte sich wohl bei den Deutschen. Er bekam genug zu Essen und wurde geliebt.

Felix und das Affenbaby

Felix spielte viel mit kleinen Stoffmäusen, die Holger aus Wollresten baute. Doch am liebsten schleppte er Sachen durch das Haus und versteckte diese. Oft suchte Holger seine Socken, selbst das Nachthemd von Dominique trug Felix davon.

Manchmal morgens, wenn Holger nicht aufpasste, stahl Felix die Wurst von seinem Arbeitsbrot. Seine Menschen hatten es nicht leicht mit ihm, aber sie liebten Felix und sahen ihm manches nach. Selbst dass er von draußen ein kleines Affenbaby mitbrachte, das er im Mäulchen trug.

Das Baby war höchstens drei Tage alt und total hilflos. Felix hatte es unter einem Baum gefunden. Holger fand die Mutter ein paar Meter weiter, sie war tot. Der soziale Kater hatte das Baby nicht einfach liegen lassen können.

Dominique war gleich Feuer und Flamme, sie besorgte Ziegenmilch und ein Fläschchen mit Nuckel und gab es dem Baby. Holger ließ sie machen, denn er wusste, wenn sich seine Frau etwas in den Kopf gesetzt hatte, dann konnte er sowieso nichts dagegen tun. Außerdem hatte er ein gutes Herz.

Das Affenbaby wurde zwei Tage später dem Tierarzt vorgestellt. In Kairo einen anständigen Tierarzt zu finden, war gar nicht so einfach. Holger telefonierte mit verschiedenen Ämtern, bis er endlich einen Arzt fand.

Der Tierarzt untersuchte das Äffchen und stellte fest, dass das Baby ein Männchen war und kerngesund.

Er sagte ihnen, dass es in Kairo ein Tierheim gebe, das auch Affen aufnehme. Doch davon wollte Dominique nichts wissen. Sie dachte daran, das Affenkind selbst großzuziehen, um es später mit nach Deutschland zu nehmen.

Der Tierarzt erklärte ihr, dass sie die Ziegenmilch ruhig weitergeben dürfe, sie solle sie nur ein wenig mit abgekochtem Wasser verdünnen. Am besten sei, sie würden sich aus Deutschland Windeln besorgen. Als sie wieder zu Hause waren, bekam das Baby einen Namen, sie nannten es Nicki.

Felix und Nicki

Nicki entwickelte sich prächtig. Bald war auch vor ihm nichts mehr sicher. Vor allem Felix hatte es ihm angetan. Er kuschelte sehr oft mit ihm und wenn er müde war, suchte das Äffchen immer unter Felix' Bauch nach Zitzen zum Nuckeln. Meistens schlief er mit dem Kater in einem Körbchen, ganz eng an ihn gekuschelt. Felix liebte das Äffchen, er ließ ihn selten aus den Augen, sehr oft putze der Kater das Baby. Sie waren ein Herz und eine Seele.

Wenn der Kater seine fünf drolligen Minuten hatte, rannte er über Stühle und Sessel, selbst das Sofa war nicht sicher vor ihm. Nicki wollte es ihm nachmachen, doch seine kleinen Beinchen waren noch nicht so schnell. Er hüpfte hinter Felix her, die Menschen mussten sich oft das Lachen verkneifen. Doch dann entdeckte der kleine Affe, dass man in der Gardine toll schaukeln konnte, und von da an hing er immer drinnen. Das gute Stück sah nach kurzer Zeit wie ein Wischlappen aus. Dominique wusste, dass sie in Deutschland sicher *keine* Gardinen an den Fenstern haben würde.

Felix beim Tierarzt

Eines Tages, Felix war ungefähr ein dreiviertel Jahr alt, sagte Dominique: „Der Kater muss nun aber endlich zu einem Tierarzt. Wir sollten ihn impfen und kastrieren lassen. Er braucht auch Papiere für die Einreise nach Deutschland. Außerdem müssen wir uns erkundigen, was wir bei Nicki für die Ausreise alles beachten müssen."

Holgers Arbeit in Ägypten war zu Ende und ihre Heimreise stand kurz bevor. Sie wollten Felix und den Affen auf jeden Fall mit nach Deutschland nehmen.

Holger und Dominique fuhren mit den beiden ans andere Ende der Stadt und besuchten den Tierarzt. In Ägypten besitzen die Menschen kaum Haustiere, und wenn doch, lassen sie diese selten kastrieren oder impfen.

Der Arzt wunderte sich schon gar nicht mehr über die Deutschen. Er dachte nur, dass sie es mit ihrer Tierliebe ein bisschen übertrieben. Doch ihm war es egal, solange er dafür Geld bekam. Felix musste dableiben, sie durften ihn am anderen Tag wieder abholen. Der Kater bekam alle Impfungen und wurde kastriert. Das hielt der Arzt alles in einem Impfausweis fest, sodass der Ausreise des Katers nichts mehr im Wege stand.

Bei Nicki sah alles ganz anders aus. Der Arzt meinte zu den beiden Deutschen, dass der Affe nicht mit nach Deutschland könne, denn er stehe unter Artenschutz. Für Dominique brach eine Welt zusammen, sie liebte den kleinen Affen schon viel zu sehr, um ihn hier einem ungewissen Schicksal zu überlassen.

Der Arzt hatte dann eine Idee. Holger solle mit dem ägyptischen Ministerium sprechen, dass der Affe ein Geschenk für einen deutschen Zoo sei. Er würde sich um den ganzen anderen Papierkram kümmern und sich mit dem Veterinäramt auseinandersetzen, natürlich für ein angemessenes Bakschisch.

Später fuhren die beiden jungen Leute mit Nicki nach Hause. Die Nacht war sehr unruhig, denn das Äffchen suchte seinen Kumpel die ganze Zeit.

Felix ist verschwunden

Am anderen Tag holten die jungen Leute den Kater vom Tierarzt ab und brachten ihn nach Hause. Dort standen schon eine Menge Umzugskartons. In zwei Wochen sollte es nach Deutschland gehen. Dieses Durcheinander gefiel dem Kater gar nicht. Er liebte es, wenn alles an seinem Platz stand. Trotzdem war er auch sehr neugierig. Er musste jeden Karton untersuchen und so geschah es, dass er in einen Karton mit Kleidern hineinkletterte und – weil es dort so schön kuschlig war – einschlief.

Als es Fütterungszeit war, rief Dominique den Kater, doch der schlief noch seelig im Karton. Sie suchte ihn überall, aber der Kater war nirgends zu finden. Im Haus herrschte ein heilloses Durcheinander, das sich jetzt noch verstärkte. Holger fragte Dominique: „Hast du schon in den Schränken und in den Kartons nachgeschaut?" – „Nein, das werde ich aber gleich machen", antwortete die junge Frau. Sie fing an, die Kisten zu öffnen und – wie hätte es anders sein können? – in der dreißigsten, die fast die letzte war, dort lag Felix und blinzelte Dominique an. „Oh Mann, mein Kleiner, mit dir haben wir einen Fang gemacht. Du hältst uns ganz schön auf Trab", sagte Dominique.

„Nun komm, bald geht es los, wir fliegen endlich zurück in die Heimat. Du und Nicki, ihr werdet euch dort wohlfühlen. Wir haben ein schönes Haus mit einem großen Garten. Holger wird für dich und das Äffchen einen tollen Spielplatz bauen."

Felix ging zu Dominique und gab Köpfchen. Es war bald so, als hätte er alles verstanden.

In Deutschland

Endlich war es so weit, die Reise nach Deutschland konnte beginnen. Die Kisten und Kartons hatte schon ein Unternehmen, das sich auf Umzüge spezialisiert hat, abgeholt.

Morgens bekamen Felix und Nicki ihr Futter und jeder eine Beruhigungspille. Dann setzte Holger sie in ihre Transportboxen und los ging es zum Flugplatz. Holger hatte alle Papiere für die Tiere zusammen. Das ägyptische Veterinäramt ließ den Affen gerne ausreisen, denn eine Unterkunft in einem staatlichen Tierheim hätte unnötige Kosten bedeutet.

Das Taxi kam, die Tiere und das Gepäck wurden verstaut. Die Fahrt zum Flughafen war nicht sehr lang. Am „Ägypten Airport" angekommen, luden sie ihr Gepäck und die Tiere wieder aus und gingen zu ihrem Terminal. Sie erledigten alle Formalitäten und gaben die Tiere an einem gesonderten Schalter ab. Dann stiegen sie in den Flieger und es dauerte auch nicht lange, dann startete das Flugzeug. Sie flogen von Kairo nach Berlin und anschließend nach Hamburg.

Als sie endlich in Hamburg angekommen waren, holten sie die Tiere und ihr Gepäck, und ab ging es, in einem Taxi, zu ihrem Haus. Felix und Nicki überstanden den Flug gut. Die meiste Zeit hatten sie geschlafen und gedöst.

Im Haus ließ Holger die beiden erst einmal aus den Boxen. Felix inspizierte sofort die Wohnung und Nicki schlich ängstlich hinterher. Das Äffchen war dann doch sehr neugierig, sodass es seine Angst überwand. Hier gab es aber auch viel zu sehen und vor allem die fremdartigen Gerüche mussten untersucht werden.

Dominique hatte in der Zwischenzeit das Futter für beide hergerichtet. Felix bekam das erste Mal Katzenfutter. Für Nicki zerkleinerte sie einen Apfel und eine Banane. Nach dem Essen waren die beiden Tiere sehr müde. Holger hatte ihnen eine Decke auf die Couch gelegt. Doch Felix wollte lieber auf der Fensterbank schlafen und Nicki musste natürlich auch dort liegen. In der Zwischenzeit packten die jungen Leute die nötigsten Sachen aus, aßen etwas zu Abend, erledigten noch ein paar wichtige Telefonate und gingen ins Bett.

Im Garten

Ein paar Wochen waren vergangen. Holger hatte verschiedene Kletterbäume und Spielgerüste gebaut. Es war ein wahres Paradies. Die Nachbarn blieben manchmal stehen und sagten: „Das wird aber ein schöner Spielplatz, da werden sich Ihre Kinder aber freuen." Wenn Holger dann antwortete, dass der Garten für einen Kater und ein Äffchen sei, schüttelten sie nur mit dem Kopf. Nach einiger Zeit gewöhnten sie sich aber an das seltsame Paar.

Als alles fertig war, durften die Tiere in den Garten. Felix, wie immer der Mutigere von beiden, ging voran. Doch als Nicki sah, dass hier alles in Ordnung war und er nichts zu befürchten hatte, spielte und tobte er wie ein Wilder. Holger und Dominique saßen auf ihrer Terrasse und schauten den beiden zu. Sie waren so glücklich.

Später genügte den beiden Tieren der Garten nicht mehr, sie machten die ganze Gegend unsicher.

Das Büffet

An einem schönen Sommerabend wollten Dominique und Holger eine Party für ihre Freunde veranstalten. Natürlich sollte es auch ein Büffet geben: mit Frikadellen, Hühnerschenkeln, verschiedenen Salaten, Obst, Käse, warmem Schweinebraten und Bratkartoffeln. Seitdem die beiden Tiere bei Dominique und Holger lebten, konnte die junge Frau kaum kochen, ohne dass eines von ihnen ihr auf die Arbeitsplatte sprang. Deshalb sperrte sie beide vorher aus.

Am besagten Tag, die meisten Speisen hatte Dominique schon vorbereitet, stellte sie alles in der Küche auf die Anrichte. Dann machte sie noch den Schweinebraten und die Kartoffeln warm. Es klingelte und die ersten Gäste kamen. Leider hatte sie vergessen, die Küchentür zu schließen. Dieses holte Dominique noch schnell nach, schaute vorher aber, ob nicht die Tiere in der Küche sind. Sie sah sie nicht und schloss die Tür.

Mittlerweile trudelten alle Gäste ein und stießen erst einmal mit einem Getränk an. Die Zeit verging, sie plauderten angenehm. Dominique wunderte sich ein wenig, dass der Kater nicht herumlief, er war sehr zutraulich und ließ sich gerne streicheln. Das Äffchen hingegen hatte vor allem und jedem Angst. Sie machte sich jedoch keine weiteren Gedanken.

Als sie in die Küche ging, um nach dem Büffet zu schauen, bekam sie einen gewaltigen Schreck:

Saßen doch beide Tiere auf der Anrichte und ließen es sich schmecken! Dominique nahm sie und steckte sie ins Schlafzimmer.

Dann schaute sie sich das Dilemma an. Überall hatten sie daran herumgenagt. So konnte die junge Frau das Essen den Gästen nicht anbieten.

Ein Glück, dass der Schweinebraten und die Bratkartoffeln, zugedeckt, noch auf dem Herd standen. Der Salat war auch nicht angerührt worden. Der Käse sah noch gut aus. Nur die Frikadellen, die Hühnerschenkel und den Korb mit Obst musste sie entsorgen. Weil Dominique aber noch Wiener Würstchen im Kühlschrank hatte, machte sie diese warm, dann eröffnete sie das Büffet. Allen schmeckte es und niemand bemerkte etwas.

Einer ihrer Freunde fragte sie später, wo denn ihre beiden Tiere seien. Sie zeigte ihm Felix und Nicki im Schlafzimmer, die auf dem Bett lagen und friedlich schlummerten. Der Freund sagte: „Die sind aber süß und so artig. Ihr habt bestimmt viel Freude mit ihnen." Dominique antwortete: „Oh ja, sie sind das Beste, was uns passieren konnte." Sie schmunzelte. Später, als Dominique alles Holger erzählte, lachten beide über ihre schlauen Tiere. Woher hätten sie auch wissen sollen, dass das Büffet nicht für sie bestimmt war?

Felix und die Fundsachen

Die Zeit verging, das Äffchen und der Kater entwickelten sich sehr gut. Sie spielten, tobten und ab und zu musste auch die Rangordnung festgelegt werden.

Doch, wie schon erzählt, spielte Felix am liebsten mit Socken. Vor ihm waren keine sicher, er klaute sie immer. Dann brachte er sie in sein Versteck hinter die Couch. Seine Menschen amüsierten sich immer, wenn der kleine Kater mit einer großen Socke im Mäulchen verschwand. Die Hausfrau holte von Zeit zu Zeit die Socken aus seinem Versteck, um sie zu waschen. Als Felix in den Garten durfte, klaute er alles aus seiner unmittelbaren Umgebung. Die Nachbarn wunderten sich, dass in letzter Zeit so viel wegkam. Nun amüsierten sich seine Menschen nicht mehr über ihn, nein, es war ihnen sehr peinlich. Die verschiedensten Dinge stapelten sich im Schuppen, alles Sachen von den Nachbarn.

Alle zwei Monate stellten Felix' Menschen ein paar Tische vor ihrem Haus auf und legten die gestohlenen Dinge darauf, damit die Nachbarn sich ihre Sachen heraussuchen und wiederholen konnten. Sie hatten schon alles versucht, um dem Kater diese Unart abzugewöhnen, doch nichts half.

Erst sperrten sie ihn ein, damit er nicht in den Garten konnte. Aber dort schrie er so laut, dass es keiner lange aushielt. Dann durfte er nur in einem Katzengeschirr in den Garten. Doch er bekam Gleichgewichtsstörungen und fiel immer um, sodass es auch keine gute Lösung war. Also ließen sie ihn wieder uneingeschränkt in den Garten und weiterhin Sachen von den Nachbarn stehlen. „Sollen diese doch auf ihre Dinge besser aufpassen und nicht alles herumliegen lassen."

Eines Abends kam Felix mit etwas Zappelndem im Mäulchen zurück. Erst dachte Holger, dass es eine lebende Maus oder Ratte wäre. Als er genauer hinsah, bemerkte er, dass Felix einen Hundewelpen trug. Das ging aber nun doch entschieden zu weit. Deshalb nahm er dem Kater das Hündchen aus den Fängen und klingelte überall bei den Nachbarn. Keiner vermisste jedoch ein Hundebaby. Dann sahen sie, wie Felix schon wieder etwas Zappelndes im Maul trug. Noch ein Welpe. Er legte ihn in sein Körbchen und verschwand wieder, um gleich nach ein paar Minuten mit dem nächsten Hündchen zu erscheinen. Sein Herrchen folgte ihm und sah einen Karton, der neben den Mülltonnen stand. Als der Mann den Karton genauer inspizierte, lagen darin noch zwei weitere kleine Hunde. Insgesamt fünf Hundebabys hatte Felix gefunden. Aber wer legte die Hunde hier neben die Mülltonnen? Jedenfalls rettete Felix den Kleinen das Leben. Wenn er nicht immer alles, was er fand, mitgenommen hätte, wären die Babys in dieser Nacht gestorben. Es wurde nämlich nachts schon empfindlich kalt draußen.

Von nun an durfte er bringen, was er wollte. Doch jetzt hatte er nicht mehr viel Zeit, er musste sich um seine geretteten Hundebabys kümmern.

Er war ein liebevoller „Vater". Holger und Dominique vermittelten später alle Hunde an gute Menschen.

Nicki mit dem Helfersyndrom

Nicki, der kleine Affe, hatte sich viel von Felix abgeguckt. Er trug auch oft verletzte Tiere ins Haus. Sogar einen kleinen Igel schleppte er an. Eines Tages brachte er ein kleines Katzenbaby, das halb verhungert war, mit nach Hause. Holger und Dominique pflegten es gesund und vermittelten es an ihre Nachbarin, Frau Abraham. Sie nannte das Kätzchen Maja. Nicki und Maja waren ein Herz und eine Seele. Sie folgte dem Affen überallhin. Er ging immer sehr liebevoll mit ihr um. Man hätte denken können, der Affe wäre die Mutter von Maja.

Holger und Dominique waren sehr tierliebe Menschen und deshalb machte es ihnen nichts aus, dass Nicki alle möglichen Tiere ins Haus schleppte. Sie pflegten sie gesund und entließen sie dann wieder in die Freiheit.

Komischerweise verstanden sich auch gleich alle Tiere mit dem Äffchen. Nicki hätte aber beinahe seine Hilfsbereitschaft mit dem Leben bezahlt. Einmal kam er nicht nach Hause, Holger und Dominique suchten ihn überall. Felix war ganz aufgeregt und miaute immerzu. Die jungen Leute suchten ihn im angrenzenden Wald und dort lag der arme Affe mit ein paar Bisswunden. Ein Hundebesitzer wollte ihn gerade mit nach Hause nehmen. Er erzählte, dass Nicki ein kleines Fuchsbaby trug, als Mutter Fuchs ihn angegriffen habe. Wahrscheinlich lag das Baby außerhalb seiner Höhle und sah hilflos aus. Nicki wollte das

Kleine, wie es so seine Art war, retten und seinen Menschen bringen. Doch die Fuchsmutter hatte eindeutig etwas dagegen gehabt. Ein Glück, dass der Hundebesitzer dazwischen kam und die Füchsin dadurch vertrieb. Ihr Baby nahm sie natürlich mit.

Der Affe erholte sich schnell von seinen Verletzungen und wurde ein bisschen vorsichtiger bei der Auswahl, wenn er meinte, wieder kranke oder verletzte Tiere retten zu müssen.

Nicki muss in den Zoo

Leider gab es, wie so oft, jemanden, dem es nicht gefiel, dass ein Affe in einem Haushalt lebte. Dieses Mal war es ein Nachbar, der zwei Häuser weiter wohnte. Er kannte die Umstände nicht, wie das Äffchen zu Dominique und Holger gekommen war. Er machte sich auch nicht die Mühe, sie zu fragen. Der Nachbar beschwerte sich beim zuständigen Veterinäramt über den Affen. Dort saß eine erst vor Kurzem eingestellte Tierärztin, die sich profilieren wollte. Sie brachte den Stein ins Rollen. Sie kontrollierte die Einreisepapiere und sah einen Vermerk, dass der Affe für den Zoo bestimmt war. Das Tier wurde den beiden weggenommen und in den Zoo gebracht. Nicki war zuerst todunglücklich. Er wollte nichts mehr fressen und wurde depressiv. Ihm fehlten Felix und seine Menschen. Er konnte nicht verstehen, dass sie ihn allein ließen.

Die Tierpflegerin Jenny bemerkte den desolaten Zustand des Affen und recherchiert ein wenig. Sie bekam heraus, wo der Affe herstammte, und sprach mit Holger und Dominique. Diese erzählten ihr die ganze Geschichte. Nun war Jenny alles klar, sie sagte: „Dem Äffchen fehlt sein kleiner Katerfreund. Er wird sterben, wenn wir nichts unternehmen. Am liebsten würde ich Felix gleich mitnehmen."

Felix im Zoo

Holger und Dominique wollten, dass es dem Äffchen gut geht, deshalb trennten sie sich schweren Herzens auch noch von Felix. Der Kater wurde in seine Transportbox gesetzt und Jenny nahm ihn mit zu Nicky. Sie ließ Felix in einem Raum aus der Box und holte das Äffchen. Als Nicki den Kater sah, ging er zu ihm und legte sein Köpfchen an Felix' Wange. Dieser leckte ihm die Ohren und schnurrte.

Jenny holte ein bisschen Obst und Katzenfutter und gab es den Tieren. Nicki verschlang das Obst in Windeseile. Er hatte endlich seinen Appetit wiedergefunden. Danach brachte sie den Affen und den Kater in ein kleines Außengehege und ließ sie allein. Die Tiere legten sich in das Körbchen, das im Gehege stand, und schliefen ganz eng aneinandergekuschelt ein. Jenny rief in der Zwischenzeit Dominique an und sagte ihr, dass der Affe wieder fresse. Doch auf die Dauer sei es nichts für die beiden. Sie legte ihnen nahe, sich beim Veterinäramt zu beschweren und ihnen die ganze Sache zu erklären. Sie selbst wolle mit dem Zoodirektor sprechen.

Holger geht an die Zeitung

Die jungen Leute schrieben eine Eingabe und beauftragten einen Rechtsanwalt. Sie wollten ihren Affen wiederhaben. Doch wer die Beamten kennt, weiß, wie langsam die Mühlen des Gesetzes mahlen. Deshalb schrieb Dominique an eine große Zeitung. Für die war das eine super Story, womit sie ihre Auflage erhöhen konnte, denn über arme Tiere liest fast jeder gern. Sie luden Dominique und Holger in die Redaktion ein.

Holger erzählte, wie Felix damals den Affen schon sehr schwach gefunden hatte. Dass er erst ein paar Tage alt gewesen war und sie ihn wie ein eigenes Kind großgezogen hatten. Dass der Affe ohne Felix eingehen würde und Felix im Zoo auch nicht gut aufgehoben ist. Er bräuchte seine Menschen.

Die Schlagzeile schlug ein wie ein Blitz. Die Auflage vervierfachte sich. Ein Regionalsender vom Rundfunk brachte die Geschichte im Radio. Es wurden Unterschriften für die Rückkehr des Äffchens und Felix gesammelt. Durch den Druck der Öffentlichkeit konnte das Veterinäramt gar nicht anders, als die beiden wieder nach Hause zu lassen. Holger und Michelle bekamen wenige Tage später die Mitteilung, dass sie die Tiere wieder abholen könnten.

Der Unfall

Die jungen Leute fuhren noch am selben Tag in den Zoo. Es wurde auch höchste Zeit. Felix fehlten seine Menschen sehr, für ihn war Nicki zwar ein guter Freund, aber kein Ersatz für seine Menschen. Er brauchte die täglichen Streicheleinheiten. Außerdem hatte ihn der ganze Trubel der Reporter fast verrückt gemacht. Doch nun ging es zurück nach Hause, endlich. Die beiden Tiere wurden wieder in ihre Transportboxen gesetzt und ins Auto gestellt. Dominique dankte Jenny noch und lud sie für den kommenden Samstag zum Abendessen ein, was diese gerne annahm.

Dann fuhren sie los. Plötzlich fing es an zu regnen, es war schon lange kein Nass mehr vom Himmel gekommen, deshalb waren die Straßen auf einmal sehr glitschig. Holger drosselte die Geschwindigkeit, doch in diesem Moment fuhr ein LKW mit Affenzahn die Straße entlang. Er kam ins Rutschen und fuhr auf den Wagen von Holger auf. Es gab einen schlimmen Unfall. Die Box von Felix wurde herausgeschleudert und ging auf. Dominique und das Äffchen waren auf der Stelle tot, Holger verstarb im Krankenhaus. Felix hatte einen Schock, verletzt war er nicht. Doch durch den Lärm und die vielen Menschen lief er davon. Er wusste nicht, dass er seine Familie nie wiedersehen würde.

Felix irrt durch Hamburg

Felix rannte und rannte, bis er nicht mehr konnte. Er legte sich unter ein Gebüsch, das ihn vor dem Regen schützte, und schlief ein. Er träumte von lauten Stimmen und Reifenquietschen, als er erwachte, war er sehr traurig.

Irgendwie wusste er, dass etwas Schlimmes passiert war. Tiere haben einen Instinkt für so etwas. Doch das Leben ging weiter. Weil er auf der Straße lebte, musste er sehen, dass er etwas zu essen bekam. Er erinnerte sich an die Zeit, als er noch in Ägypten mit den anderen Katzen vor der Moschee kampierte. Er suchte die Nähe von Menschen. Er lief ein bisschen umher, bis ihm ein verführerischer Duft in die Nase stieg. Er ging dem Geruch hinterher und kam zu einem Biergarten. Dort saßen die Leute und ließen sich die Sonne auf ihren Pelz scheinen.

Einige hatten etwas zu essen vor sich stehen. Unter manchen Tischen lagen auch Essensreste. Felix entdeckte unter einer Bank ein Stückchen Bratwurst. Er schlich sich an und schnappte es sich, dann lief er hinter einen Baum und verschlang die Wurst. Doch es war nur ein kleines Stück und er hatte seit zwei Tagen nicht mehr richtig gefuttert. Deshalb wurde er unvorsichtig und lief noch einmal in den Biergarten. Dort sah ihn eine ältere Frau, die zu Hause selbst zwei Katzen hatte, und sie erbarmte sich seiner. Sie gab dem Kater von ihrem Schweinebraten eine ganze Scheibe ab. Doch als das der Wirt sah, vertrieb er den Kater. Felix konnte gerade noch die Scheibe Braten mitnehmen, als er davonlief. So erging es ihm jetzt jeden Tag, immer wenn ihm ein guter Mensch etwas zu essen hinwarf, kam der Wirt oder ein Kellner und jagte ihn weg.

Solange man Felix nur mit lauten Worten vertrieb, ging es ja noch. Aber es gab auch Menschen, die Steine oder Stöcke nach ihm warfen. Einmal traf ihn ein Knüppel am Rücken. Es schmerzte ihn bald eine Woche beim Laufen. Der Kater wurde immer magerer und sah auch nicht mehr so gepflegt aus.

Mittlerweile lebte er in einer Wohnsiedlung, wo eine alte Frau ihm immer Futter hinstellte. Doch dort gab es auch noch andere Katzen, die meisten waren nicht kastriert und deshalb oft aggressiv.

Felix ist krank

Er musste sich sehr oft verteidigen. Manchmal ging es glimpflich aus, doch ab und zu entzündete sich eine Bisswunde. Gerade vor ein paar Tagen verletzte ihn ein großer Kater am Hals, die Wunde war ziemlich tief. Er bekam Fieber und konnte sich kaum noch von seinem Platz erheben. So fand ihn Jessika. Jessika hatte gerade ausgelernt und einen Job als Bürokauffrau angefangen. Sie war erst vor Kurzem in ihre erste Wohnung eingezogen. Die junge Frau machte gerade eine Pause, als sie vom Balkon aus das Versteck von Felix sah. Sie ging hinunter und fand den völlig apathischen Kater. Sie sagte: „Um Himmels Willen, deine Wunde sieht ja schlimm aus und Fieber hast du bestimmt auch. Ich werde dich zum Tierarzt bringen." Sie nahm den Kater ganz vorsichtig auf den Arm und brachte ihn zu ihrem Auto. Jessika legte ihn auf den Beifahrersitz und fuhr los. Beim Tierarzt angekommen, durfte sie gleich ins Behandlungszimmer. Der Arzt schaute sich den Kater an. Er reinigte die Wunde und gab ihm eine Spritze mit Antibiotikum. Er sagt zu Jessika: „Kommen sie übermorgen noch einmal vorbei. Ich denke aber, mit viel Ruhe und Pflege wird das Kerlchen sicher schnell wieder gesund werden. Ihr Kater hat noch einmal Glück gehabt." Jessy antwortete: „Das ist nicht mein Kater, er lag im Park vor meinem Fenster. Er ist sicher ein Streuner."

Der Tierarzt antwortete: „Wahrscheinlich ist er jemandem weggelaufen, denn er ist kastriert." Dann sprach er weiter: „Das Beste wäre, sie behalten ihn, bis er gesund ist. Ich kann mich ja einmal umhören, ob jemand einen schwarzweißen Kater vermisst." Jessika bedankte sich, zahlte die Rechnung, nahm Felix wieder auf den Arm und fuhr zurück nach Hause.

Jessika und Felix

Dort angekommen, legte sie ihn auf eine Decke und rief ihren Bruder an. Sie erzählte ihm alles und fragte ihn, ob er nicht ein paar Katzensachen für sie einkaufen könne. Weil er seine Schwester kannte, wunderte er sich gar nicht, sondern fuhr los. Sie konnte schon als Kind kein krankes Tier einfach so liegenlassen. Bei ihren Eltern gab es immer ein paar pflegebedürftige Tiere, die Jessika irgendwo aufgelesen hatte. Felix ging es schon ein kleines bisschen besser. Er hatte etwas Wasser getrunken. Felix inspizierte die Wohnung von Jessika auf wackligen Pfoten.

Hier gefiel es ihm, auch wenn sie noch nicht alle Kartons ausgepackt hatte. Dann klingelte es an der Wohnungstür und Justin, ihr Bruder, kam vollbepackt herein. Felix versteckte sich hinter dem Sofa. Justin hatte an alles gedacht, sogar an eine Kratztonne. Auch er mochte Katzen, er hatte selbst zwei Katzenmädchen zu Hause.

Justin und seine Katzen

Damals, nachdem Justin fertig studiert hatte, jetzt war er Ingenieur für Flugzeugbau, bezog er seine eigene Wohnung. Doch weil er es gewohnt war, mit Tieren zu leben, wollte er sich zwei Katzen aus dem Tierheim holen. Aber zuerst ging er in ein Tiergeschäft und besorgte sich alles, was eine Katze braucht.

Dann fuhr er nach Hause, baute den Kratzbaum auf, bestückte die Katzentoiletten mit Streu und stellte die Futternäpfe in die Küche. Er hatte sich schon im Internet zwei schöne Kater ausgesucht. Doch meistens kommt es anders, als man denkt.

Justin fuhr ins Tierheim und fragte gleich nach den Katern, die Tierpflegerin antwortete ihm, dass die beiden schon vermittelt seien. Sie hätte aber noch ein Katzenpärchen, das unbedingt zusammenbleiben solle. Justin wollte eigentlich keine Katzenmädchen, weil diese, seiner Meinung nach, oft zickig seien. Aber anschauen konnte er sie sich ja trotzdem mal. Er ging in einen großen Raum, wo noch ein paar andere Katzen waren. Dann sah er die zwei, um die es ging, gemeinsam auf der Fensterbank sitzen. Sie waren höchstens ein Jahr alt. Als Justin näher kam, sprang ihm das eine Katzenmädchen auf die Schulter und gab Köpfchen. Nun war es natürlich um ihn geschehen. Er nahm beide mit nach Hause und hat es bis jetzt noch nicht bereut. Er nannte die eine Lisa und die andere Leonie. Beide Mädchen hatten ihren eigenen Kopf und waren einzigartig. Er liebte sie sehr.

Seine spätere Freundin, Michelle, verstand sich besonders mit Lisa ungemein gut. Sie schlief immer mit auf ihrem Kopfkissen. Er hätte sich auch nie in eine Katzenhasserin verliebt.

Felix bleibt bei Jessy

Doch zurück zu Jessy und Felix.
„Willst du ihn behalten, falls sich keiner meldet?", fragte Justin. „Ich denke schon, er ist noch nicht sehr alt und wer weiß, was der arme Kerl schon alles durchgemacht hat? Trotzdem werde ich ein paar Plakate aufhängen", antwortete Jessy. Justin musste schnell wieder nach Hause, denn Michelle, seine Freundin wollte ihn heute Abend besuchen. Er hatte sie zum Essen eingeladen. Sie verabschiedeten sich voneinander und Jessy sagte noch zu ihm: „Ich hoffe, ich lerne deine neue Flamme auch bald mal kennen." Justin nickte und ging.

Jessy stellte das Katzenklo ins Bad, gab Futter in den neuen Fressnapf und stellte das kuschlige Körbchen auf den Boden. Felix roch sofort das Fressen und weil er mächtig Kohldampf hatte, kam er aus seinem Versteck. Der Kater futterte alles in wenigen Minuten weg, dann sprang er auf Jessikas Schoß. Sie streichelte ihm ganz vorsichtig das Fell und er fühlte sich seit langer Zeit wieder einmal so richtig wohl. Dann sprang er herunter, ringelte sich auf seiner Decke ein und schlief.

Jessy holte sich die Zeitung mit den Kleinanzeigen und schaute nach, ob jemand aus Hamburg einen schwarzweißen Kater vermisste. Doch es gab keine Annonce, die auf Felix gepasst hätte. Deshalb holte sie ihren Fotoapparat und knipste den Kater. Er schaute kurz hoch und blinzelte sie an. Dann schlief er weiter. Sie wollte morgen zu einer ihr bekannten Druckerei gehen, um die Plakate drucken zu lassen.

Am anderen Tag fuhr sie los und man fertigte für Jessy ein Dutzend Plakate an. Sie hängte sie in ihrem Stadtteil auf. Zufällig lief Jenny, die Tierpflegerin, an einem Plakat vorbei. Sie erkannte Felix sofort, denn die Zeichnungen in seinem Gesicht waren unverkennbar. Jenny schrieb sich die Telefonnummer auf und rief Jessy gleich an, als sie zu Hause war. Sie sagte ihr, dass sie Felix kenne und dass seine Besitzer vor ein paar Monaten auf tragische Weise ums Leben gekommen wären, dass es damals in allen Zeitungen gestanden habe und dass auch ein kleines Äffchen, Felix' bester Freund, mit ums Leben gekommen sei.

Der Kater habe sonst niemanden, aber sie würde ihn nehmen, wenn Jessy ihn nicht behalten wolle. Die junge Frau war über das Schicksal der Menschen von Felix sehr erschüttert. Sie erzählte Jenny, dass ihr alles so leid täte, aber sie den Kater gerne selbst behalten wolle. Jenny war dies recht, sie habe nur nicht gewollt, dass der arme Kater im Tierheim lande nach allem, was er hatte durchmachen müssen. Sie sagte ihr noch, dass der Kater Felix heiße.

Jessy verabschiedete sich mit dem Versprechen, gut für den Kater zu sorgen.

Dann dachte sie: „So, das ist geklärt, jetzt bleibst du bei mir! Felix, der Name gefällt mir." Dann ging sie ins Bett. Der Kater erwachte mitten in der Nacht und weil er sich so allein fühlte, tapste er ins Schlafzimmer, legte sich an Jessys Füße und schlief wieder ein.

Am anderen Morgen fühlte er sich schon besser. Seine Wunde tat ihm auch kaum noch weh. Jessy kraulte ihn am Köpfchen und dann bekam er sein Frühstück.

Die junge Frau hatte zwei Wochen Urlaub und wollte in dieser Zeit ihre Umzugskartons auspacken. Aber erst einmal trank sie ihren Kaffee aus. Dann holte sie sich die Kartons für das Schlafzimmer und fing an einzuräumen. Felix musste natürlich überall seine Nase mit hineinstecken. Er passte auf, dass Jessika auch alles an den richtigen Orten verstaute. Zwischendurch nahm sie den Kater auf den Arm und streichelte ihn. Sie sagte zu Felix: „Du vermisst sicher deine Menschen und deinen Freund? Ein Glück, dass du den Unfall überlebt hast. Das Ganze ist wirklich furchtbar, deine Menschen waren ja noch so jung." Dann gab sie ihm einen Kuss auf die Nase und arbeitete weiter. Felix hatte nun keine Lust mehr zuzuschauen, er sprang aufs Bett, drehte sich um seine eigene Achse und ließ sich fallen. Erst blinzelte er ein wenig, doch dann schlief er ein.

Jessy musste schmunzeln und sagte leise zu ihm: „Das Auspacken ermüdet dich wohl, hast ja recht, ist ja auch ganz schön langweilig. Ich werde dir später ein Spielzeug bauen, dann kannst du toben, und in sechs Wochen darfst du in den Garten. Ich denke, dann kennst du dein neues Zuhause."

Als Jessy mit dem Einräumen im Schlafzimmer fertig war, brauchte sie nur noch ein paar Kartons im Arbeitszimmer auspacken, das wollte sie morgen erledigen. Jetzt überlegte sie sich erst einmal das Spielzeug für Felix. Es musste etwas sein, was den Kater beschäftigen und nicht so schnell kaputt gehen würde. Sie hatte auch schon eine Idee. Sie brauchte dazu einen Zweig von einem Baum, ein paar Federn und ein stabiles Stück Schnur. Sie baute eine Spielangel.

Als sie damit fertig war, kochte sie sich eine Tasse Tee und aß eine Scheibe Brot mit Wurst. Natürlich lockte der Duft der Wurst Felix an. Er war sofort wach und ging in die Küche. Er sprang auf einen Stuhl und bettelte. Sie gab ihm ein

Stückchen, was ein Fehler war, denn von da an wollte er immer etwas haben.

Dann holte sie die Spielangel hervor und Felix sprang der Feder hinterher. Ab und zu durfte er sie auch einmal fangen, damit er nicht die Lust am Spielen verlor. Danach setzte Jessy sich auf die Couch und las ein Buch. Felix ringelte sich in ihrem Schoß zusammen und schlief sofort ein. Gegen Abend gab es wieder leckeres Futter und es wurde noch eine Runde mit der Angel gespielt.

Jessy lernt einen Mann kennen

So vergingen die zwei Wochen wie im Flug. Jessy musste wieder arbeiten gehen und Felix war den ganzen Tag allein. Abends, als dann die junge Frau zu Hause war, spielte sie viel mit ihm. Doch in letzter Zeit kam sie immer später. Und eines Tages brachte sie einen jungen Mann mit.

Jessy hatte sich verliebt. Lutz, so hieß ihr neuer Freund, mochte Katzen aber überhaupt nicht. Am liebsten hätte er den Kater hinausgeschmissen, doch er mochte es sich bei Jessika noch nicht verscherzen. Wenn er erst einmal bei ihr eingezogen wäre, wollte er das ändern. Im Moment tat er so, als ob er Katzen liebte. Felix merkte sofort, dass dieser Mann falsch war. Doch wie sollte er das Jessy begreiflich machen?

Er ging Lutz aus dem Weg, aber dieser trat oft nach ihm oder schlug Felix mit der Zeitung, wenn er sich unbeobachtet fühlte. Der Kater begann, unsauber zu werden. Jessika dachte, der Kater pinkle nur deshalb überall hin, weil er eifersüchtig sei. Sie schmuste immer sehr mit ihm, wenn Lutz bei ihr war, doch das brachte den jungen Mann noch mehr gegen Felix auf. Er hasste ihn regelrecht.

Lutz zeigt sein wahres Gesicht

Eines Tages war Lutz mit dem Kater allein. Jessy wollte noch schnell etwas einkaufen. Sie hatte aber ihre Geldbörse vergessen und lief noch einmal zurück. Sie schloss die Tür auf und hörte ihren Kater ängstlich miauen. Sie öffnete die Wohnzimmertür und sah, wie Lutz Felix quälte. Er schlug ihn mit der Zeitung. Als der Kater sich ängstlich unter dem Schrank versteckt hatte, nahm Lutz einen Kleiderbügel und stocherte nach ihm. Jessika war außer sich, sie ging zu Lutz, entriss ihm den Kleiderbügel und schmiss ihn aus ihrer Wohnung. Sie sagte zu ihm: „Lass dich hier nie wieder blicken. Mit einem Tierquäler will ich nichts mehr zu tun haben!"

Doch sie hatte Lutz noch gar nicht richtig kennengelernt. Er konnte sehr gewalttätig werden, wenn etwas nicht nach seiner Nase ging. Er trat auf sie zu und schlug ihr ins Gesicht. „Du verrückte Schlampe, was bildest du dir ein? Und das nur wegen so einem blöden Katzenvieh. Ich werd' dir zeigen, wer hier Herr im Hause ist!" Er schlug noch einmal zu. Sie strauchelte und fiel mit dem Hinterkopf auf ihre Glasplatte, sie war sofort bewusstlos. Jetzt bekam es Lutz aber doch mit der Angst zu tun, deshalb nahm er seine paar Habseligkeiten und verschwand durch die Terrassentür.

Als Felix merkte, dass der Mann weg war, kam er unter dem Schrank hervor. Er ging zu Jessy und leckte ihr Gesicht ab. Sie wachte langsam wieder auf, ihr drehte sich alles im Kopf. Sie stand auf und wäre beinahe wieder hingefallen, so schwindlig war ihr. Jessy ging ganz langsam zum Telefon und rief ihren Bruder an. Der versprach auch gleich zu kommen. Justin fuhr sofort zu ihr und öffnete die Tür mit seinem Schlüssel. Er ging ins Wohnzimmer, wo Jessy in ihrem Sessel saß und schon wieder bewusstlos war. Justin rief sofort einen Notarztwagen. Dieser war zehn Minuten später zur Stelle. Ein Arzt untersuchte sie und sagte, dass sie unbedingt geröntgt werden müsse. Sie legten sie auf die mitgebrachte Trage und fuhren sie ins nahegelegene Krankenhaus. Justin durfte als Bruder mitfahren.

Felix wurde allein in der Wohnung gelassen und keiner dachte an die geöffnete Terrassentür. Lutz hatte sich im Garten hinter ein paar Bäumen versteckt und alles beobachtet. Als er keine Polizei sah, ging er zurück zur Terrassentür und schlüpfte in die Wohnung. Felix konnte sich gerade noch verstecken. Lutz suchte in der Wohnung, ob er noch etwas Geld finden könnte. Doch dann hörte er, wie die Flurtür aufgeschlossen wurde, da verschwand er schnell wieder.

Justin hatte vom Krankenhaus aus, Michelle angerufen und sie gebeten, sich um Felix zu kümmern. Was sie natürlich gerne tat. Als sie hereinkam, ging durch einen Windstoß die Terrassentür wieder auf. Sie schloss sie schnell und rief dann den Kater, aber Felix hatte zu viel Angst, um aus seinem Versteck zu kommen. Doch Michelle kannte sich mit Katzen aus, ihre Eltern hatten vier Stück zu Hause, davon gehörten zwei ihr. Weil sie aber noch in der Ausbildung war und sich keine eigene Wohnung leisten konnte, lebten sie und die beiden Katzen erst einmal bei Ihren Eltern.

Sie setzte sich in den Sessel und sprach beruhigend auf Felix ein. Der kam auch bald aus seinem Versteck und merkte schnell, dass es Michelle gut mit ihm meinte. Er rieb sein Köpfchen an ihrem Bein und ließ sich von ihr streicheln. Doch dann schweiften ihre Blicke im Raum herum und sie sah, dass die meisten Schubladen offen standen und sogar eine Schranktür aufgebrochen worden war.

Dann fiel ihr die geöffnete Terrassentür ein. Hier war eindeutig ein Einbrecher am Werk gewesen, wahrscheinlich hatte *er* die Schwester von Justin niedergeschlagen. Deshalb rief sie gleich ihren Freund an, um es ihm zu erzählen. Dieser sagte zu ihr: „Du hast doch meinen Schlüssel, kannst du den Kater in eine Box stecken, ihn zu mir bringen und dort auf mich warten? Es ist mir zu gefährlich, dich in Jessys Wohnung allein zu lassen. Ich werde gleich losfahren und auf der Fahrt die Polizei benachrichtigen." – „Wie geht es deiner Schwester", fragte Michelle. „Ihr geht es soweit wieder gut. Sie wird nur noch eine Weile Kopfschmerzen haben. Heute muss sie noch zur Beobachtung im Krankenhaus bleiben, doch morgen kann sie schon wieder nach Hause." Als Michelle aufgelegt hatte, holte sie den Katzenkorb, nahm noch ein paar Dosen Futter aus dem Schrank und setzte Felix in die Box.

Dann fuhr sie zu Justins Wohnung. Dort ließ sie Felix aus dem Korb. Er roch sofort, dass es noch andere Katzen gab. Michelle hatte gar nicht an die beiden Katzendamen gedacht, doch es wäre sowieso kein Problem gewesen. Lisa und Leonie hatten nichts gegen Felix einzuwenden. Felix fauchte auch nur einmal kurz und schon war das Eis gebrochen.

Zwei Stunden später kam Justin nach Hause und freute sich, dass die Katzen sich schon so gut verstanden. Er hatte alles der Polizei erzählt, was Jessy ihm gesagt hatte. Die Ordnungshüter riefen auch gleich zu einer Großfahndung auf, um Lutz zu fangen. Er war kein unbeschriebenes Blatt,

Lutz hatte schon wegen mehrfacher Körperverletzung im Gefängnis gesessen.

Doch so schnell sollte er der Polizei nicht ins Netz gehen.

Felix bei Justin

Michelle fuhr nach Hause, denn ihre Eltern waren im Urlaub und sie musste die Katzen versorgen. Justin war es ganz recht, denn das mit seiner Schwester hatte ihn sehr mitgenommen. Sie hätte tot sein können. Das sie auch ausgerechnet an diesen Verbrecher hatte geraten müssen. Sie war doch sonst nicht so blauäugig, aber Liebe macht ja bekanntlich blind. Ein Glück, dass alles so glimpflich ausgegangen war.

Felix hatte sein Abendbrot mit den beiden Katzenmädels verdrückt und sich dann auf die Decke zum Schlafen gelegt. Auch er war fix und fertig. Seine kleine Katzenseele hatte wieder einmal einen Knacks bekommen. Leider waren nicht alle Menschen gut.

Am anderen Morgen wachte Justin früh auf und rief gleich im Krankenhaus an. Doch die Schwester konnte keine Auskunft geben, erst musste die Visite vorüber sein. Justin fütterte die Katzen und machte sich dann sein Frühstück.

Felix ging zu Justin und rieb sein Köpfchen an seinem Bein, er merkte genau, dass der junge Mann sich Sorgen machte. Katzen haben dafür einen sechsten Sinn. Justin nahm den Kater auf den Arm, gab ihm einen Kuss auf die Nase und sagte zu ihm: „ Hoffentlich erwischen sie dieses Monster, damit Jessy ihren inneren Frieden wiederfindet." Felix verstand von dem nichts, er wollte nur zu seinem Frauchen zurück.

Felix ist wieder bei Jessy

Jessika durfte wieder nach Hause, sie hatte nur eine leichte Gehirnerschütterung. Der Arzt sagte zu ihr, dass sie sich noch ein paar Tage schonen solle, doch dann sei alles wieder gut. Wenn sie aber professionelle Hilfe brauche, könne sie sich einen Termin beim Psychologen holen. Doch die junge Frau sagte, dass sie schon allein zurecht komme. Sie hätte ja noch ihren Bruder und nicht zuletzt ihren Kater.

Justin rief im Krankenhaus an und erfuhr, dass er Jessy abholen dürfe. Deshalb brauste er gleich los. Auf dem Rückweg wollten sie dann noch Felix mitnehmen. Die junge Frau hatte schon richtige Sehnsucht nach ihrem Kater. Auch Felix war heilfroh, als er endlich sein Frauchen wiedersah.

Jessika hat Angst

Als sie zu Hause angekommen waren, schmuste Jessy ausgiebig mit Felix, der es sehr genoss. Dann machten sie es sich beide auf der Couch gemütlich. Doch Jessy zuckte bei jedem Geräusch zusammen. Ihr saß der Schreck doch tiefer, als sie gedacht hatte.

Als es dann Schlafenszeit war, bekam sie eine regelrechte Panikattacke. Sie stand wieder auf und setzte sich ins Wohnzimmer. Doch es wurde nicht besser, deshalb rief sie ihren Bruder an. Dieser war noch nicht im Bett und versprach, sofort zu kommen. Er fuhr auch gleich los und weil seine Freundin gerade bei ihm war, kam sie mit.

Jessy öffnet die Tür und war in Schweiß gebadet. Justin beruhigte sie erst einmal und versprach, heute Nacht hier zu schlafen. Michelle wollte auch bleiben. Jessy ging es ein bisschen besser. Sie würde gleich am anderen Morgen einen Termin beim Psychologen vereinbaren. Doch jetzt gingen sie ins Bett. Michelle schlief mit im Zimmer von Jessy, und Justin nebenan im Wohnzimmer.

Beide Türen ließen sie offen. Der Kater war ein wenig verstört, er hatte die ganze Zeit gemerkt, dass mit seinem Frauchen etwas nicht stimmte. Als alle eingeschlafen waren, sprang er auf das Bett von Jessika und schaute ihr ins Gesicht, dann tippte er sie ganz leicht mit seiner Pfote an. Jessy hatte einen sehr leichten Schlaf und wachte davon auf. Doch als sie den Kater sah, nahm sie ihn in den Arm und beide schliefen zufrieden ein.

Jessy in der Selbsthilfegruppe

Am anderen Morgen frühstückten die jungen Leute noch zusammen und dann rief Jessy bei einem Psychologen an. Sie erzählte ihm die ganze Geschichte und bekam für den Nachmittag einen Termin.

Michelle und Justin fuhren zur Arbeit und Jessy erledigte ihre Hausarbeit. Am Nachmittag ging sie zu ihrem Termin. Der Arzt sprach mit ihr und gab ihr die Adresse von einer Selbsthilfegruppe. Dort waren alles Patienten, die irgendwann in ihrem Leben etwas Schreckliches erlebt hatten. Jessy rief an und wie der Zufall es wollte, konnte sie gleich vorbeikommen, denn heute trafen sich alle wieder.

Sie fuhr mit ihrem Wagen zu der Adresse. Es war ein helles, einstöckiges Haus. Jessy ging hinein und blieb vor der Tür des Zimmers stehen, in dem sich alle trafen. Ein bisschen mulmig war ihr schon, doch dann fasste sie sich ein Herz und ging in den Raum. Als sie eintrat, saßen schon die anderen Patienten auf ihren Stühlen, die im Kreis aufgestellt waren. Ein Stuhl war noch frei, man hatte ihn schon für die junge Frau hingestellt. Sie begrüßte alle und setzte sich.

Sie zählte drei Frauen und einen Mann. Die Teamleiterin, die Claudia hieß, eröffnete die Sitzung und bat Jessy, sich den anderen vorzustellen und ihre Geschichte zu erzählen. Sie fing an: „Mein Name ist Jessika. Mein Freund quälte erst meine Katze und als ich ihn zur Rede stellte, schlug er mich. Dadurch bin ich mit dem Kopf auf meinen Glastisch gefallen und musste ins Krankenhaus …"

Als Jessika alles erzählt hatte, stellten sich die anderen Teilnehmer auch vor. Franz, der einzige Mann, fing an: „Mein Name ist Franz und ich wurde von mehreren Jugendlichen in der U-Bahn zusammengeschlagen." Dann erzählte die blonde Frau neben ihm ihre Geschichte: „Ich heiße Renate und wurde von einem Einbrecher in der Nacht überrascht." Ihr gegenüber saß ein noch sehr junges Mädchen, sie stellte sich als Elena vor und sagte sehr schüchtern: „Ich wurde vor drei Monaten von zwei Mitschülern gemobbt. Sie haben mir immer vor Schulbeginn aufgelauert". Margarete, die die letzte im Bunde war, erzählte: „Ich wurde von meinem eigenen Mann krankenhausreif zusammengeschlagen."

Die Teamleiterin bedankte sich bei den Teilnehmern und fragte, was sie jetzt empfänden. Jessy sagte, dass sie nachts nicht mehr schlafen könne und auch am Tag bei jedem Geräusch zusammenzucke. So ähnlich ging es auch den anderen. Das junge Mädchen sagte, dass sie seit dem Mobbing nicht mehr zur Schule gehen könne, weil sie dort oft zu weinen anfinge. Aber sie wolle ihre Angst überwinden und endlich wieder ein normales Leben führen. Das wollten die anderen auch. Deshalb erzählten sie sich alles von der Seele. Anschließend gab es noch einen Selbsthilfekurs. Dann verabschiedeten sie sich voneinander.

Das Leben geht weiter

Jessy fuhr nach Hause und versorgte ihren Kater. Dann aß sie eine Scheibe Brot und setzte sich anschließend mit einer Tasse Tee vor den Fernseher. Felix sprang auf ihren Schoß und trittelte auf ihren Beinen herum. Das war der sogenannte *Milchtritt*, den machte er immer, wenn er sich wohlfühlte. Dann legte er sich hin und schnurrte dabei ganz laut. Jessy streichelte sein Fell, sie liebte ihren Kater.

Später nahm sie die Beruhigungstabletten, die ihr der Arzt verschrieben hatte, um einigermaßen zu schlafen. Nach einer halben Stunde wurde sie müde und ging ins Bett. Felix hinterher, er legte sich ganz dicht an ihr Gesicht. Diese Nacht konnte sie recht gut durchschlafen. Sie wurde nur einmal gegen vier Uhr wach. Weil es aber schon hell wurde, schlief sie gleich wieder ein.

Sie traf sich jetzt zweimal in der Woche mit ihren Leidensgenossen und anschließend ging sie zu ihrem Selbsthilfekurs. Doch ohne Tabletten konnte sie immer noch nicht schlafen. Jessy wusste, dass sie sich ihrer Angst stellen musste, sonst würde sie nie wieder ein geregeltes Leben haben.

Elena, das kleine schüchterne Mädchen, hatte es geschafft. Sie brauchte die Selbsthilfegruppe nicht mehr. Aus ihr war ein selbstbewusster Mensch geworden. In die Schule ging sie auch wieder. Die beiden Mitschüler hatte man auf eine andere Schule versetzt. Außerdem gab es an ihrer Schule neuerdings einen Mobbingbeauftragten. Dort wurde all den Schülern geholfen, die sich gemobbt fühlten.

Lutz besucht Jessy

Währenddessen hatte sich Lutz in einem leer stehenden Gartenhaus, ganz in der Nähe von Jessy, versteckt. Er wollte es der „Schlampe" heimzahlen, so durfte sie nicht mit ihm umgehen. Nach ein paar Monaten traute er sich wieder unter die Menschen. Das Verfahren gegen ihn war zwar nicht eingestellt worden, aber die Polizei hatte anderes zu tun.

Lutz schlich sich zu Jessys Wohnung. Er sah, dass ihr Auto nicht vor dem Haus stand. Lutz ging ins Haus und zu ihrer Wohnungstür. Er versuchte mit dem Schlüssel, den er noch hatte, in ihre Wohnung zu kommen. Doch Jessy hatte gleich nach ihrem Krankenhausaufenthalt das Schloss auswechseln lassen. „Mist verfluchter", schimpfte Lutz. „Jetzt muss ich mir etwas anderes einfallen lassen. Mal gucken, ob sie irgendein Fenster aufgelassen hat."

Er ging auf die andere Seite des Hauses und schaute nach. Auch dort stand nichts offen. Nur auf der Vorderseite war das Badefenster gekippt. Doch das schien ihm zu gefährlich, denn wenn jemand käme, würde der ihn sehen. Deshalb hatte er eine andere Idee: Er wollte sich im Garten verstecken, bis sie nach Hause käme.

Jessy ließ auch nicht lange auf sich warten, zwar war heute ihre Sitzung mit der Selbsthilfegruppe, aber sie fuhr immer erst nach Hause, um Felix zu versorgen. Der Kater durfte dann solange in den Garten, bis sie wieder zurückkam.

Sie stieg aus ihrem Auto aus und ging in die Wohnung. Dann fütterte sie Felix und öffnete für ihn die Terrassentür. Das war das Zeichen für Lutz, er schlich sich ins Wohnzimmer und schloss das Fenster. Felix und Jessy waren noch in der Küche. Lutz ging hinein und sprach sie an: „Hallo Jessy." Sie fuhr herum und ließ den Teller fallen, den sie gerade in der Hand hielt. „Was willst du hier, wie bist du hereingekommen? Verschwinde und lass mich ein für alle Mal in Ruhe!" Lutz feixte sie an und sagte zynisch: „Das hättest du wohl gern, aber so kommst du mir nicht aus der Nummer. Ich habe noch ein Hühnchen mit dir zu rupfen und deinem blöden Kater geht es auch an den Kragen." – „Ich habe keine Angst vor dir, verschwinde oder ich rufe die Polizei", antwortete Jessy. – „Da muss ich aber lachen, dich mache ich fertig, du blöde Kuh", sagte Lutz.

Er wollte ihr gerade eine scheuern, als sie ihn mit einem geübten Griff auf den Boden warf und ihm die Hand auf den Rücken drehte. Sie nahm die Schnur, die sie immer griffbereit liegen hatte, und band ihm die Hände zusammen. Dann fesselte sie auch seine Füße. Lutz war so erschrocken, dass Jessika sich gewehrt hatte, dass er gar nichts tat. Sie rief dann bei der Polizei an und diese war innerhalb von fünf Minuten da. Die Beamten nahmen Lutz mit und sagten ihr, dass gleich zwei Kollegen kämen, um ein Protokoll aufzunehmen.

Als sie Lutz' Ausweis sahen, sagte der eine: „Ach, dich haben wir ja schon lange gesucht, nun wirst du sicher eine Weile weggesperrt. Im Knast kannst du dir dann überlegen, dass man wehrlose Frauen nicht einfach überfällt."

Felix hatte von alledem nichts mitbekommen; als er Lutz gesehen hatte, versteckte er sich im Schlafzimmerschrank, die Tür war immer einen Spalt offen, damit er hinein konnte.

Ein paar Minuten später kamen eine Polizistin und ein Polizist in Zivil und nahmen Jessys Aussage auf. Die Polizistin fragte, ob sie jemanden anrufen solle, oder sie ihr irgendwie anders behilflich sein könne. Jessy verneinte, sie sagte: „Ich glaube, ich komme jetzt mit dieser Situation gut zurecht, denn dieses Mal war ich nicht das Opfer." Die Polizisten verabschiedeten sich daraufhin und gingen.

Jessika und Björn

Ein paar Wochen waren vergangen, Jessika hatte alles gut überstanden. In ein paar Monaten sollte die Gerichtsverhandlung gegen Lutz sein, sie musste gegen ihn aussagen. Doch daran wollte sie jetzt noch nicht denken.

Felix ging es gut, er durfte abends, wenn Jessy von der Arbeit nach Hause kam, in den Garten und blieb meistens bis 22 Uhr draußen. Justin hatte extra eine Katzenklappe angebracht. Dann bekam er noch einmal etwas zu futtern und später ging es ab ins Bett. Er schlief immer neben Jessy auf einem Kissen.

Ab und zu kamen Michelle und Justin zu Besuch. Sie wollten demnächst heiraten und Jessy sollte Trauzeugin sein.

Vor Kurzem hatte sie einen netten jungen Mann kennengelernt. Sie waren ein paarmal ausgegangen. Björn hatte ernste Absichten, er wollte sich mit Jessy ein gemeinsames Leben aufbauen. Als sie ihn das erste Mal mit nach Hause nahm, kam Felix gleich zu ihm. Der Kater merkte sofort, dass Björn es gut mit ihm meinte.

Er hatte selbst einen Kater zu Hause und liebte Tiere sehr. Umgekehrt war es auch so, der Kater von Björn, sein Name war Tom, kam auch gleich zu Jessy und sprang auf ihren Schoß.

Jessika war sich diesmal ganz sicher, dass Björn der Richtige war. Sie hatte ihm alles über sich erzählt, auch die Sache mit Lutz. Björn war sehr empört und sagte: „Dieser Lutz scheint ja ein ganz Gemeingefährlicher zu sein. Sich an Schwächeren zu vergehen, zeugt nicht gerade von Intelligenz." Dann nahm er sie in den Arm und sagte: „Brauchst keine Angst mehr zu haben, ich werde immer gut auf dich aufpassen."

Felix bekommt einen Kumpel

Ein paar Monate später zogen Jessika und Björn zusammen. Sie hatten eine schöne Wohnung mit Garten am Rande von Hamburg gemietet. Als die Wohnung eingerichtet war, holten sie die beiden Katzen.

Sie ließen die Kater aus ihren Transportboxen. Tom war ein paar Monate jünger als Felix und sehr neugierig. Er ging zu ihm und schnüffelte an seiner Nase. Felix fauchte einmal, doch Tom war davon nicht beeindruckt. Er legte sich auf den Rücken und wartete. Weil die beiden gleichzeitig in die Wohnung kamen, hatte auch keiner von beiden Revieransprüche, sodass es gar nicht lange dauerte und sie Freunde wurden.

Sie lagen oft zusammen in einem Körbchen und leckten sich gegenseitig ihre Ohren. Wenn sie spielen wollten, tobten sie wie verrückt durch die Wohnung, es war eine Freude, ihnen zuzuschauen.

Später, als sie dann in den Garten durften, machten sie fast alles gemeinsam. Selbst fremde Katzen wurden verscheucht. Sie hatten eine wunderbare Zeit zusammen.

Die Trennung

Ein paar Jahre lebte die kleine Familie wunderbar zusammen, doch dann holte Jessika die Vergangenheit wieder ein.

Sie träumte schlecht und war unkonzentriert. Sie stritten sich sehr oft. Björn kam deshalb auch immer erst spät nach Hause.

Irgendwann lernte er eine junge Frau kennen, die so ganz anders war als Jessy. Er hatte es satt, sich immer wieder mit ihr auseinandersetzen zu müssen. Er wollte endlich eine unkomplizierte Frau haben. Deshalb begann er mit der anderen eine Affäre. Er traf sich mit der jungen Frau in aller Öffentlichkeit. Sollte Jessika es doch erfahren, dann würde sie sich sicher trennen und er hätte nicht so ein schlechtes Gewissen.

Denn in seinem Innersten wusste er ja, warum Jessy im Moment so reagierte: Lutz' Haftentlassung stand vor der Tür. Er hatte ihr auf der Gerichtsverhandlung gedroht, sie umzubringen, wenn er wieder rauskäme. Deshalb verging sie vor Angst. Sie nahm auch wieder ihre Tabletten, außerdem trank sie in letzter Zeit ziemlich viel. Björn hätte sie aufbauen müssen, um ihr Kraft zu geben, aber er konnte es einfach nicht. Immer wieder dachte er an die andere Frau.

So kam es, wie es kommen musste, Jessy erwischte beide in flagranti. Das war das Ende ihrer Beziehung, Jessika suchte sich eine kleine Wohnung und zog mit Felix aus. Dieser vermisste

Tom sehr und Tom ihn. Doch Björn holte sich ein paar Wochen später eine neue Katze und Tom war wieder glücklich.

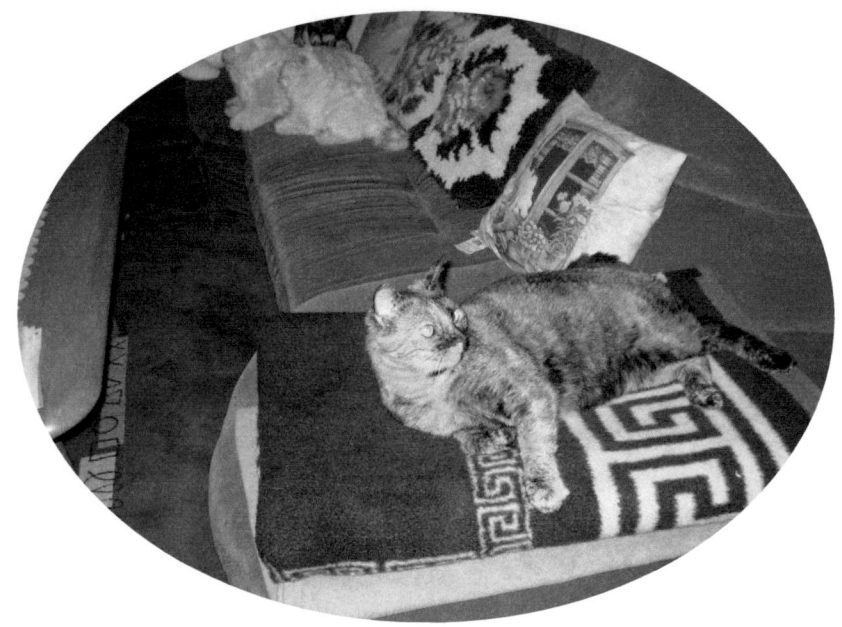

Jessy trinkt zu viel

Jessika hatte entsetzliche Angst, deshalb nahm sie abends, bevor sie ins Bett ging, immer noch einen Whisky. Bald trank sie fast täglich eine Flasche leer. Sie fing an, Felix zu vernachlässigen. Erst bekam er nicht mehr zur selben Zeit sein Futter. Dann vergaß sie es immer öfter und schließlich leerte sie auch sein Katzenklo nicht mehr. Wenn er zu hungrig war und versuchte, an irgendetwas Essbares zu kommen, schmiss sie ihren Hausschuh nach ihm.

Sie hatte sich sehr verändert. Aus der tierlieben jungen Frau, war eine Alkoholikerin geworden. Sie quälte ihren Kater, indem sie ihn oft nicht in die Wohnung ließ. Er musste manchmal bei -10 Grad über Nacht draußen bleiben. Er fand auch kaum Futter, denn er war es nicht mehr gewöhnt, draußen zu überleben. Aus dem bildhübschen Felix wurde ein magerer, struppiger Kater. Er ging oft zu den Nachbarn und bettelte um Futter.

So kam, was kommen musste: Er wurde von einer tierlieben Frau ins Tierheim gebracht.

Dort war er aber nur kurz, Margit, eine pensionierte Lehrerin suchte ihn sich aus und nahm ihn mit nach Hause.

Die Begegnung

Lutz war aus dem Gefängnis entlassen worden und er hatte nichts dazugelernt. Er wollte seine Rache. Lutz besorgte sich eine Pistole, dann machte er Jessika ausfindig. Er erfuhr, dass sie ein paar Jahre mit Björn zusammen war, sich aber vor Kurzem von ihm getrennt habe und jetzt in einer kleinen Zweizimmerwohnung lebe.

Lutz bekam die Adresse heraus und fuhr an einem klaren Winterabend zu ihr. Er klingelte, sie öffnete die Tür und erkannte ihn in ihrem Zustand gar nicht. Sie fragte lallend: „Was wollen Sie? Ich kaufe nichts." Lutz erschrak, was war aus dem bildhübschen jungen Mädchen geworden? Vor ihm stand eine ungepflegte, aufgedunsene Frau. Sie hatte nicht mehr viel Ähnlichkeit mit der Jessika, die er einmal gekannt hatte. Sie tat ihm direkt ein bisschen leid. Wegen ihr wieder zurück in den Knast? Das wollte er nun doch nicht. Sie würde wahrscheinlich sowieso nicht alt werden. Deshalb ließ er sie stehen und ging wieder. Jessika schwankte zurück ins Wohnzimmer und trank weiter. Sie hatte die Begegnung am anderen Tag auch schon vergessen. Sie sah Lutz nie wieder. Er zog in eine andere Stadt und landete bald wieder im Gefängnis.

Jessy ändert ihr Leben

Jessika war sehr schwer gestürzt und kam ins Krankenhaus. Dort sagte der Arzt zu ihr: „Wenn Sie so weitertrinken, ist es bald aus mit Ihnen. Das Beste wäre, Sie machen eine Entziehungskur. Aber Sie müssen es wollen, sonst nützt es nichts." Jessika wusste, dass sie unbedingt etwas machen musste und sie war fest entschlossen, ihr Leben zu ändern. Deshalb sagte sie zu.

Als sie wieder aus dem Krankenhaus entlassen wurde, fuhr sie nur kurz nach Hause, um ihre Koffer zu packen und eine sechswöchige Kur anzutreten. Die erste Zeit war es sehr schwer für sie, doch dann gewöhnte sie sich daran. Außerdem nahm sie wieder ab. Fast war sie wieder die alte Jessika. Als sie die Kur erfolgreich beendet hatte, durfte sie zurück nach Hause.

Sie sprach gleich mit den Nachbarn, ob sie ihren Kater gesehen hätten. Die Frau, die Felix damals verwahrlost gefunden hatte, erzählte ihr, dass sie den Kater ins Tierheim gebracht habe. Jessy fuhr dorthin und fragte nach ihrem Kater. Die Tierpflegerin antwortete, dass Felix schon vermittelt sei und sie die Adresse nicht verraten dürfe. Jessy war sehr traurig, aber sie wusste auch, dass es ihre eigene Schuld war. Sie fuhr wieder nach Hause.

Jessika trank nie wieder Alkohol. Sie lernte bald einen Mann kennen und die beiden heirateten. Nach zwei Jahren lief ihnen eine rote Katze zu, diese war bis zu ihrem Lebensende bei ihnen und wurde von beiden sehr geliebt.

Felix und Margit

Margit hatte ihr ganzes Leben ihren Schülern gewidmet und deshalb auch nie geheiratet. Als sie dann pensioniert wurde, fiel ihr die Decke auf den Kopf. Sie suchte sich verschiedene ehrenamtliche Tätigkeiten und kam dadurch auch zum Tierschutz. Sie merkte ganz schnell, dass sie Tiere liebte. Margit engagierte sich in einem kleinen Verein für Katzen und Hunde aus Osteuropa. Nach und nach zogen bei ihr auch immer wieder Katzen ein. Diese wurden später an tierliebe Menschen vermittelt. Im Moment lebte aber keine Katze in ihrem Haushalt.

Doch ohne Tier war ihr Leben nicht mehr lebenswert, deshalb wollte sie ins hiesige Tierheim, um sich zwei Katzen zu holen.

An einem schönen, klaren Wintermorgen fuhr sie mit ihrem Auto los. Im Tierheim angekommen, ging sie sofort in das Katzenhaus. Es lebten etwa 15 Katzen hier, was für diese Jahreszeit wenig war. Aber Weihnachten sollte ja noch kommen und dann würde das kleine Tierheim wieder überlaufen.

Margit schaute sich die Katzen an und entschied sich für Felix. Zum einen weil der Kater so furchtbar dünn war und zum anderen weil er ihr gleich entgegenkam und sich an ihr Bein schmiegte. Sie ging in die Hocke und er sprang auf ihre Schulter.

Da sagte Margit zur Tierpflegerin: „Den nehme ich mit. Gibt es eine Katze, die sich besonders gut mit ihm versteht? Der würde ich auch noch ein schönes Zuhause geben." Doch Felix war erst zwei Wochen hier, die ganze vorherige Zeit in Quarantäne, deshalb hatte er noch keine andere Katze kennenlernen können.

Die Tierpflegerin antwortete Margit: „Der Kater verträgt sich mit jeder Katze, er ist sehr sozial. Wer weiß, wo er herstammt. Suchen Sie sich doch einfach noch eine Katze aus, die ihnen gefällt."

Margit sah noch einen sehr schönen, rotgetigerten Kater, der ein sehr dichtes Fell hatte, und entschied sich für ihn. Beide Katzen wurden in die Transportboxen gesetzt, die Margit mitgebracht hatte. Sie verstaute sie im Auto und fuhr nach Hause. Vorher bezahlte sie aber noch die Schutzgebühr und eine kleine Spende.

Die Geschichte des Rotgetigerten

Der Rotgetigerte stammte aus der Ukraine. Es war dort bitterkalt. Der kleine Kater fror damals entsetzlich, er schmiegte sich ganz eng an seine Mutter und die Geschwister. Viel nutze es nicht, in jenem Winter war es besonders kalt.

Die gute Seele war Irina, eine ältere Frau, die sich mit ihren bescheidenen Mitteln um die armen ausgesetzten Kreaturen kümmerte. Leider bekam sie sehr wenig Rente und ihr Mann war schon seit Jahren tot. Irina lebte in einem kleinen Haus am Ende des Dorfes. Bei den Dorfbewohnern galt sie als ein wenig verrückt, weil sie fast ihr ganzes Geld für „unnütze" Tiere ausgab. In diesem Jahr waren es zehn Katzen und drei Hunde, die sie versorgte.

Doch für Irina war das nicht schlimm, sie liebte die Tiere und hatte das Bewusstsein, dass für Gott alle gleich sind und der Stärkere immer dem Schwächeren helfen muss. „Auch Tiere haben eine Seele", sagte sie immer zu denen, die sie auf ihre Tierliebe ansprachen.

Doch zurück zu dem kleinen Kater. Mischka, so wurde er genannt, war gerade acht Wochen alt und ein kleines bisschen zu mager für sein Alter. Sein Fell war wunderschön und sehr wuschelig.

Seine Mutter hatte sich mit einem Rassekater gepaart. Der Vater des Katers lebte trotz seiner Rasse auf der Straße. Die Leute, die ihn damals gekauft hatten, konnten ihn nicht mehr versorgen, deshalb wurde er in einem Wald ausgesetzt. Erst ging es ihm sehr schlecht. Doch weil es gerade Sommer gewesen war, dauerte es nicht lange, bis er sich selbst versorgen konnte. Dann lernte er Mischkas Mutter kennen und diese bekam vier Kinder, drei Mädchen und einen Jungen.

Der kleine Kater sah aus wie er, die Mädchen kamen alle nach ihrer Mutter.

Ein Holzfäller hatte sie gefunden und weil es schon empfindlich kalt war, bei Irina abgegeben.

Die Kätzchen hatten immer Hunger. Sie waren auf das bisschen Milch, das ihre Mutter noch hatte, und das wenige Futter, das Irina kaufen konnte, angewiesen. Durch den vielen Schnee und die Kälte gab es keine Mäuse, sie hatten sich alle in ihren warmen Löchern verkrochen. Katzenfutter, wie wir es kennen, gab es nicht. Irina kochte immer Hirsebrei und gab ein wenig minderwertiges Fleisch dazu. Aber auch nur, wenn die Bauern ihr die Abfälle schenkten. Die meisten Menschen waren selbst alle arm und behielten die Abfälle für sich.

So konnte es nicht weitergehen, denn Irina fiel es immer schwerer, Futter für ihre Tiere zu besorgen, deshalb fuhr sie eines Tages in die am nächsten gelegene Stadt und hängte selbst geschriebene Zettel auf. Darauf stand, dass sie dringend Futterspenden für ihre Tiere braucht. Sie wollte gar kein Geld, ihr hätten auch ein wenig Fleisch, ein paar Decken und anderes Zubehör gereicht. Einen dieser Zettel las eine Frau aus Deutschland, die in einer Tierschutzorganisation Mitglied war. Sie kontaktierte Irina und organisierte für sie einen Flohmarkt, der sehr gut bei den Leuten ankam. Von dem Geld wurden Decken und Futter für die Tiere gekauft. Außerdem versprach die Frau, dass sie Irinas Sorgen in Deutschland öffentlich machen und mit ihr unbedingt in Kontakt bleiben wolle. Irina war überglücklich. Sie fuhr schwerbeladen zurück zu ihren Tieren. Endlich bekamen sie genügend zu futtern und durch die Decken hatten sie auch ein wärmeres Plätzchen.

Als die Frau wieder zurück in Deutschland war, kümmerte sie sich gleich um alles. Sie organisierte einen Spendenaufruf und Patenschaften für Irinas Tiere.

In der Ukraine wurde es immer kälter, Irina und die Tiere froren entsetzlich, sie hatte kaum noch Holz, um ihre Stube zu heizen. Deshalb holte sie alle Tiere in das einzig beheizbare Zimmer. Mischka war jetzt schon zwölf Wochen alt und ziemlich stark. Er tobte, wie es alle jungen Katzen tun, wie ein Verrückter durch die Wohnung. Irina freute sich, dass ihre Katzen sich, trotz der widrigen Umstände, toll entwickelten. Nachts lagen sie alle zusammen in ihrem Bett. Die drei Hunde konnte sie an ein paar Monteure, die gerade ein Hotel bauten, vermitteln.

Dann, an einem schönen Wintermorgen, bekam Irina Besuch aus Deutschland. Es waren drei Tierschützer, die ihr die zusammengekommenen Spenden brachten. Außerdem nahmen sie fast alle Katzen mit, um sie an liebe Menschen zu vermitteln. Irinas Haus wurde von dem gespendeten Geld repariert und umgebaut, sodass sie in Zukunft die Tiere besser unterbringen könnte. Sie arbeitete von nun an sehr eng mit den deutschen Tierschützern zusammen.

Der kleine schöne Kater Mischka wurde von einer netten Familie aus Deutschland adoptiert.

Dort ging es ihm am Anfang gut, doch dann bekam die Frau Krebs und der Mann pflegte sie, sodass er sich nicht mehr um den Kater kümmern konnte. Er brachte ihn ins Tierheim, in der Hoffnung, dass Mischka ein schönes Zuhause bekommen würde.

Was sich nun erfüllte, weil Margit ihn mitnahm.

Felix und Mischka bei Margit

Felix und Mischka verstanden sich sofort. Sie waren in ihrer Kindheit immer mit anderen Katzen zusammen gewesen. Allein hätten sie sich sicher nicht so wohlgefühlt. Oft saßen sie stundenlang eng aneinandergekuschelt auf der Fensterbank und beobachteten die Vögel. Oder sie lagen bei Margit auf der Couch und schliefen. Margit kümmerte sich sehr um ihre beiden Kater. Sie hatten einen festen Tagesrhythmus. Morgens schliefen sie alle gemeinsam bis etwa acht Uhr, dann fütterte Margit die Kater und machte sich ihr Frühstück. Danach duschte sie und zog sich an. Sie spielte mit Felix und Mischka eine halbe Stunde. Dann ging sie entweder einkaufen oder las ein Buch. Gegen dreizehn Uhr gab es Mittag, danach machten alle ein Schläfchen. Später sah sie fern und die Kater schauten aus dem Fenster.

Beide wären gern nach draußen gegangen, aber Margit wohnte in der vierten Etage eines Hochhauses. Ab und zu tobten die Kater durch die Wohnung und spielten mit einem kleinen Wollknäuel, das Felix Margit irgendwann mal stibitzt hatte. Ab und zu ging auch etwas zu Bruch. Doch Margit schimpfte nicht, sie wusste selbst, dass den Katern die Freiheit eines Gartens fehlte. Deshalb beschloss sie, sich eine kleine Wohnung mit Garten zu suchen. Sie las in ihren Regionalzeitungen die Annoncen und fand nach einiger Zeit auch eine hübsche kleine Einliegerwohnung mit Garten. Sie rief sofort an und der Besitzer hatte auch nichts gegen Katzen einzuwenden. Sie bekam die Wohnung. In etwa sechs Wochen könnte sie einziehen.

Der Umzug

Margit packte alle ihre Sachen in Kartons. Es kam der Tag, an dem sie umzog. Ihr halfen ein paar gute Freunde. Ihre Möbel waren schon auf den Lkw geladen und zu ihrer neuen Wohnung gebracht worden. Nun mussten nur noch die Kartons verstaut werden. Es war ein herrlicher Tag, nicht zu kalt, aber auch nicht zu warm. Ihre beiden Katzen wollte sie bei der letzten Tour mitnehmen. Im Moment hatte sie die Kater ins Bad eingesperrt, damit sie nicht bei dem Durcheinander ausbüxten. Felix war schon so viel gewöhnt, dass er ganz ruhig auf der Badematte lag und schlief. Mischka hingegen lief hin und her, er hatte ein bisschen Angst.

Die Zeit verging und gegen Nachmittag kam Margit und setzte beide in ihre Transportboxen. Sie stellte sie in ihr Auto und fuhr zu ihrer neuen Wohnung. Sie ließ die Katzen in ihr zukünftiges Arbeitszimmer, weil sie dort schon alles eingerichtet hatte. Felix sprang auch gleich aus seiner Box und inspizierte alles. Es roch immer noch nach seinem Frauchen, deshalb hatte er auch keine Angst. Mischka war etwas vorsichtiger, doch auch er fürchtete sich nicht. Später, als die Umzugsleute gegangen waren, durften die beiden Kater auch den Rest der Wohnung erkunden. In dieser Nacht schliefen sie bei ihrem Frauchen mit im Bett.

Am anderen Morgen packte Margit die Kartons aus und verstaute alles an seinem Platz. Die Kater waren sehr neugierig und mussten alles untersuchen. Margit hatte alle Hände voll zu tun. Sie freute sich über ihre neue, schicke Wohnung. Als sie dann mit ihrer Arbeit fertig war, ging sie in den Garten, um ihn zu begutachten. Die Kater mussten natürlich noch in der Wohnung bleiben.

Der Garten war ein wenig verwildert, hier hatte sie noch eine Menge tun. Margit sah aber schon vor ihrem geistigen Auge, wie es später einmal aussehen sollte. Sie wollte sich ein lauschiges Plätzchen in der hinteren Ecke einrichten. Es sollte dort eine Hütte stehen mit einem Tisch, vier Gartenstühlen und einer Bank. Auf die Bank würde sie immer eine Decke für die Katzen legen, damit diese auch draußen ein weiches Plätzchen hätten.

Doch erst einmal musste sie ein paar Beete anlegen und alles schön bepflanzen. Deshalb begann sie mit der Gartenarbeit. Die beiden Kater saßen drinnen auf der Fensterbank und beobachteten, was ihr Frauchen draußen so machte. Doch dann wurde ihnen langweilig und sie legten sich in ihr Katzenkörbchen und schliefen ein.

Felix und Mischka werden gestohlen

In der Zwischenzeit waren sechs Wochen vergangen, die Katzen durften nun das erste Mal in den Garten. Felix hatte schon so lange darauf gewartet. Mischka schlich noch ein bisschen umher, doch dann wurde auch er selbstbewusster. Nach einer Stunde tobten die zwei schon, als wenn sie ihr Leben lang nichts anderes gemacht hätten.

Sie untersuchten alles im Garten. Dann wurden sie mutiger und liefen auf das angrenzende Grundstück, dort war alles sehr verwildert. Das Haus stand schon eine Weile leer. Für die beiden Kater war es das Paradies. Hier konnte man vieles entdecken. So geschah es, dass sie die Zeit vergaßen. Es war schon dunkel und langsam hatten sie Hunger und wollten zurück. Doch anstatt wieder in ihren Garten zurückzugehen, liefen sie in Richtung Straße.

Um diese Zeit waren auch zwei Katzenfänger mit einem Kleinbus unterwegs. Sie wollten die gefangenen Tiere zu einer Gerberei bringen. Die Gerberei würde die Katzenpelze dann an Pelzhändler verkaufen. Diese verwendete die Katzenfelle für Pelzbesatz und Rheumadecken.

Im Bus saßen schon drei Kater und zwei Katzen, alle gepflegt und mit prächtigem Fell. Für diese Katzen würden sie eine Stange Geld bekommen.

Der eine Kerl sagt zum anderen: „Der Tierfänger ist doch nicht dumm, der weiß genau, wie er's macht. Er darf ja kein Aufsehen erregen, das ist das Wichtigste. Zack, bumm, Schlinge um den Hals, ins Auto mit der Katze und weg. Leichter geht's nicht." Der andere antwortete: „Genauso ist es. Gibt sowieso viel zu viele Katzen. Die Besitzer können sich ja ein paar neue holen."

Dann sahen sie die beiden Kater, Felix und Mischka. Die Tiere hatten Vertrauen zu den Menschen und ließen sich deshalb sehr leicht fangen. Die Katzenfänger steckten sie in einen engen Käfig und fuhren los. Sie brachten die Katzen in ein altes, abgelegenes Haus. Dort stellten sie die Käfige ab und fuhren weiter, um noch einen trinken zu gehen. Sie freuten sich schon auf den Erlös, den die Tiere bringen würden.

Margit sucht ihre Katzen

In der Zwischenzeit rief Margit nach Felix und Mischka, doch von den Katern war keine Spur zu sehen. Sie machte sich schon sehr große Sorgen. Margit zog sich eine Jacke an und holte ihre Taschenlampe, dann suchte sie die ganze Umgebung ab. Sie klingelte an den Haustüren der Nachbarn und fragte, ob jemand ihre Kater gesehen habe. Doch keiner konnte ihr helfen. Viele gaben ihr gute Ratschläge.

Ein paar schauten auch in ihren Schuppen und Garagen nach, doch nirgends gab es eine Spur von Felix und Mischka. Drei Nachbarn suchten selbst ihre Katzen und waren genauso aufgeregt. Ein Mann sagte: „Ich will ihnen ja keine Angst machen, doch in letzter Zeit sind schon mehrere Katzen abhandengekommen, wahrscheinlich sind wieder Tierfänger am Werk.‟

Margit ging traurig nach Hause. Am anderen Morgen wollte sie gleich im Tierheim und bei verschiedenen Tierärzten anrufen. Außerdem musste sie unbedingt Plakate drucken und überall aufhängen. Diese Nacht schlief sie kaum, sie dachte immer an ihre Kater, das Schlimmste war die Ungewissheit.

Die Katzen werden gerettet

Felix und die anderen Katzen waren sehr verängstigt. In dem Raum roch es nach Farbe und Terpentin, was nicht gerade zur Beruhigung beitrug. Sie miauten alle um die Wette.

Draußen lief ein Pärchen vorbei, die beiden kamen gerade von der Disco und wollten noch ein bisschen knutschen. Sie hörten das Miauen und wunderten sich. Eigentlich stand das Haus schon lange leer. Es diente einer Malerfirma als Abstellraum für alte Farben.

Der junge Mann sagte zu seiner Freundin: „Hör mal, Anne, das klingt als wären Katzen dadrinnen. Vielleicht hat sie jemand aus Versehen eingesperrt. Ich schau' lieber mal nach." Er öffnete die Tür und leuchtete mit seinem Feuerzeug in den dunklen Raum. Erst sah er nur alte Farbkanister, doch dahinter standen die Käfige mit den Katzen.

Klaus, so hieß der junge Mann, rief seine Freundin: „Anne, schnell, komm her, hier hat jemand ganz viele Katzen gefangen. Die kann man doch nicht ihrem Schicksal überlassen. Wir müssen was tun. Ich weiß auch schon was. Ich rufe jetzt über Handy ein paar Freunde an und dann bringen wir die Tiere ins Tierheim. Dort gibt es immer einen Notdienst." Klaus telefonierte und es dauerte auch nicht lange, da kamen zwei Autos angefahren. Er und seine Freunde verstauten die Käfige. Anne setzte sich nach hinten und sprach beruhigend auf die Katzen ein: „Jetzt braucht ihr keine Angst mehr zu haben. Ihr seid in Sicherheit, es kann euch keiner mehr etwas tun. Ihr armen Mäuse, wer weiß, was mit euch passiert wäre. Ein Glück, dass Klaus und ich hier vorbeigekommen sind."

Felix wieder im Tierheim

Als sie im Tierheim ankamen, hatte Regine gerade Dienst. Klaus klingelte und Regine kam heraus. Als sie sah, dass die jungen Leute sieben Käfige aus dem Auto luden, erschrak sie. „Was ist denn passiert, wo kommen die vielen Katzen her?", fragte sie. Anne erzählte ihr alles. Regine sagte: „Oh je, die armen Dinger sollten wahrscheinlich an ein Versuchslabor verkauft werden. Habt ihr schon der Polizei Bescheid gesagt?" – „Müssen wir das denn?", fragte Klaus. – „Ja, natürlich, aber da wird es wohl ein bisschen Ärger geben, denn eigentlich hättet ihr gleich die Polizei rufen müssen. Doch ich kenne einen netten Polizisten, den rufe ich gleich mal an, er hat auch Nachtdienst. Er ist mein Mann und sieht es nicht ganz so eng mit den Paragrafen."

Regine rief ihren Mann an und erklärte ihm alles. Er fuhr gleich los und brachte seinen Kollegen mit. Klaus musste alles noch einmal erzählen und dann nahmen sie ihn auch noch zur Fundstelle der Katzen mit. Dort zeigte der junge Mann den Beamten den Raum, wo die Käfige gestanden hatten. Sie nahmen alles zu Protokoll und fuhren zurück zur Wache. Vorher setzten sie Klaus wieder beim Tierheim ab.

In der Zwischenzeit hatte Regine alle Katzen in einen Raum gelassen und ihnen etwas Futter hingestellt. Doch die meisten waren noch so verängstigt, dass sie sich lieber in den Regalen, welche dort aufgestellt waren, versteckten.

Felix und Mischka kuschelten sich auf einem Kratzbaum zusammen und schliefen ein.

Am anderen Morgen sah die Welt schon besser aus. Beide futterten etwas und dann inspizierten sie das Zimmer. Mit den anderen Katzen verstanden sie sich gleich.

Die Polizei ermittelt

Regines Mann und sein Kollege fuhren am frühen Morgen noch einmal zu der Fundstelle und untersuchten den Raum, in dem die Katzen gewesen waren. Sie fanden ein paar alte Handschuhe, drei Decken und ein paar Schlingen, mit denen wohl die Katzen gefangen wurden. Als sie gerade wieder los wollten, hörten sie ein Auto kommen. Ein Glück, dass sie vorsorglich ihren Wagen auf der Rückseite des Gebäudes geparkt hatten, sodass die Ankömmlinge ihn nicht sehen konnten.

Aus dem Fahrzeug stiegen die beiden Katzenfänger aus. Sie unterhielten sich laut über die Katzen und das Geld, was sie dafür bekommen würden. Die beiden Polizisten versteckten sich und als die Kerle in das Haus kamen, rief der eine Polizist: „Hände hoch, Sie sind verhaftet!" Einer von den Verbrechern wollte fliehen, doch der andere Polizist hielt ihn fest. Sie legten beiden Handschellen um und führten sie ab. Später konnte man ihnen mindestens 150 gestohlene Katzen nachweisen. Und weil sie keine unbeschriebenen Blätter waren, wurden sie zu zwei Jahren Haft verurteilt. An die Hintermänner kamen die Behörden aber leider nicht heran.

Felix muss in Quarantäne

Felix und Mischka lebten jetzt schon ein paar Tage hier. Felix hatte ein schlimmer Schnupfen erwischt und er musste in Quarantäne, damit er die anderen Katzen nicht ansteckte. Dort waren schon zwei Katzen mit derselben Krankheit.
Die beiden interessierten sich nicht für ihn und er sich auch nicht für sie. Jede hatte erst einmal mit sich selbst zu tun.

Die beiden Katzen waren Streuner gewesen. Sie wurden von Tierschützern eingefangen und ins Tierheim gebracht. Auch sie hatten früher einmal eine Familie. Ihre Namen waren Mohrly und Mienchen. Jedes Tier hatte seine eigene Geschichte!

Mohrly

Der kleinere Kater wurde von einer Hauskatze geboren, die man zu kastrieren vergessen hatte. Als die Babys dann da waren, mussten sie so schnell wie möglich vermittelt werden. Den Menschen war es egal, an wen. Hauptsache, schnell weg.

Mohrly, so wurde er später genannt, kam in eine Familie mit einem vierjährigen Kind. Der Kleine konnte sich noch nicht um den Kater kümmern, er war viel zu jung. Wenn er mit Mohrly spielte, war er oft grob. So kam es auch, dass der Kater sich wehrte und den Kleinen kratzte. Außerdem wurde sein Katzenklo sehr wenig gesäubert. Die Mutter hatte keine Zeit und wohl auch keine Lust dazu. Als der Kleine wieder einmal besonders schlimm mit Mohrly umging, kratzte und biss dieser den Jungen. Das war der Mutter dann doch zu viel. Deshalb setzte sie Mohrly einfach vor die Tür.

Er hatte es sehr schwer, etwas zu fressen zu finden. Er wurde ja schon mit vier Wochen seiner Mutter entrissen, sie konnte ihm nicht das Jagen oder andere Sachen beibringen, die er jetzt dringend gebraucht hätte. Mohrly ernährte sich von Abfällen, die er in einer Kneipe bekam. Durch Zufall war er dort gelandet. Einem Gast tat der Kleine leid, er brachte ihn ins Tierheim.

Mienchen

Das Katzenmädchen, ihr Name war Mienchen, wurde auf einem Bauernhof geboren. Ihre Mutter, die noch viel zu jung war, kümmerte sich rührend um den Nachwuchs. Sie versteckte ihre Jungen vor dem Bauern. Denn wenn er die Kleinen gefunden hätte, wären sie ertränkt worden.

Die Mutter brachte ihnen alles bei, was eine Katze wissen muss, um zu überleben. Mienchen wurde aber schwer krank, sie hatte Katzenschnupfen. Gott sei Dank nahm sie eine nette Frau mit und pflegte sie gesund. Später kam sie in eine Familie. Doch dann starb die Frau und der Mann konnte sich nicht mehr um die Katze kümmern, sie war sowieso nicht sein Tier. Deshalb brachte er Mienchen in einen Wald und ließ sie allein.

Dann wurde sie angeschossen. Einem Jäger war sie ein Dorn im Auge, weil sie ohne Halsband draußen herumstreunte.

Die Wunde verheilte und die Kugel verkapselte sich. Doch Mienchen wurde blind. Nun wusste sie nicht mehr, wo sie war und irrte draußen herum. Eine Frau fand sie und brachte das arme Tier ins Tierheim.

Margit findet Mischka wieder

Margit hatte in der Zwischenzeit viele Plakate aufgehängt, bei verschiedenen Tierärzten angerufen und im Tierheim Bescheid gesagt. Doch niemand hatte die Tiere gefunden. Nun waren ein paar Wochen vergangen und sie wollte noch einmal ins Tierheim fahren, um zu schauen, ob ihre Kater nicht doch abgegeben worden waren. Als sie dort ankam ging sie gleich ins Katzenhaus. Sie schaute sich die Kater an.

Mischka hatte Margit sofort entdeckt, er lief freudig auf sie zu. Margit erkannte ihren Kater auch gleich und nahm ihn auf den Arm. Sie ging zu einer Tierpflegerin und fragte diese: „Wer hat denn diesen Kater abgegeben und wurde noch einer hergebracht?" Die Tierpflegerin war neu und verwechselte deshalb die Geschichten der Katzen. Sie antwortete: „Diesen Kater hat eine Oma, die ins Altersheim musste, hier abgegeben. Sie können ihn also gleich mitnehmen. Margit schaute noch einmal, ob sie Felix sehen könnte, doch er war nicht dabei. Deshalb nahm sie nur Mischka mit. Sie fragte zwar die Tierpflegerin, ob es noch irgendwo andere Katzen gäbe, doch diese verneinte. Sie dachte gar nicht an die Krankenstation. Margit ließ aber vorsichtshalber ihre Telefonnummer da, damit man sie gleich anrufen könne, falls man Felix doch noch abgeben sollte.

Doch der Tierpflegerin kündigte man noch in der Probezeit und sie vergaß, die Telefonnummer weiterzugeben. Deshalb blieb Felix über ein Jahr im Tierheim. Bis ihn dann endlich jemand mitnahm.

Felix und die Katzenbande

Nach der Quarantäne wurden Felix und Mohrly zu den anderen männlichen Katzen gesperrt und Mienchen kam zu den weiblichen. Es war ein großes Zimmer mit Kratzbäumen, Regalen und Decken. Sogar ein Außengehege gab es. Jetzt war gerade Urlaubszeit und es lebten eine Menge Katzen im Tierheim. Viele Familien setzten ihre Katzen einfach aus, bevor sie in den Urlaub fuhren. Ein paar gaben sie auch im Tierheim ab mit der Begründung, dass ihnen das Tier zugelaufen sei. Die Tierpflegerinnen wussten, dass nicht einmal die Hälfte die Wahrheit sagten. Es gab aber auch die anderen Menschen, die sich gerne ein Tier aus dem Tierheim nach Hause holten.

Heute war wieder so ein Tag, es kamen ein paar Besucher, um sich eine Katze auszusuchen. Felix wollte von alledem nichts wissen, er ging lieber in das Außengehege und blieb die ganze Zeit dort.

Mohrly saß auf einem Kratzbaum, er putzte sich gerade, als ein Ehepaar im mittleren Alter zur Tür hereinkam. Der Mann gefiel ihm, deshalb sprang er auf seine Schulter. Erich, so hieß er, nahm den Kleinen gleich in den Arm, und dieser fing an zu schnurren. Dann sagte er zu seiner Frau: „Den nehmen wir mit." Sie war erst nicht so beeindruckt, weil Mohrly eine Bindehautentzündung hatte, doch als sie den schmusigen kleinen Kater sah, war auch sie von ihm begeistert.

Es wurden noch fünf andere Katzen vermittelt. Doch im Katzenhaus saßen insgesamt noch dreißig weitere Katzen und Kater.

Felix hatte sich mit drei Katern angefreundet, sie waren ungefähr in seinem Alter und auch nicht zu dominant. Sie tobten immer durch das Zimmer und sprangen über alle Regale.

Er wurde auch öfter mal krank, bekam eine Erkältung oder Bindehautentzündung. Die Kater steckten sich leider gegenseitig an. Dann kam er in die Krankenstation und wurde vom Tierarzt versorgt. Er ließ sich aber nichts gefallen und kratzte den Arzt oder die Helferin oft. Deshalb schrieb man in seine Karteikarte, die jede Katze hatte, dass er mit Vorsicht zu behandeln sei.

Dadurch wollte ihn niemand haben. Bis auf den Tag, der Felix' Leben grundsätzlich veränderte!

In einem Stadtteil von Hamburg

Im Alten Land von Hamburg lebte ein Ehepaar, Gisela und Peter. Sie hatten erst vor Kurzem geheiratet. Sie wohnten in einer kleinen, gemütlichen Zweizimmerwohnung. Im Wohnzimmer befand sich ein stillgelegter Schornstein. Durch den früh hereinbrechenden, harten Winter hatten sich Mäuse auf dem Dachboden eingenistet.

Sie suchten nach Futter und kamen durch ein kleines Loch im Schornstein auch in die Wohnung der beiden. Peter hatte schon öfter einen Schatten hinter dem Fernseher durchhuschen sehen. Seine Frau wollte Freitagabend die Wohnung saugen und nahm wie immer die Kissen von der Couch, als sie dort eine Maus sah. Gisela schrie hysterisch auf und wollte nicht mehr in der Wohnung bleiben. Peter konnte sie nur beruhigen, indem er versprach, am anderen Tag eine Katze aus dem Tierheim zu holen.

Felix und seine neue Familie

Nun lebte Felix schon fast anderthalb Jahre im Tierheim, niemand wollte ihn haben. Es ging ihm zwar nicht schlecht, aber ihm fehlte eine Familie.

Dann, an einem kalten Novembertag, es war der 06.11.1993, kam ein Ehepaar und schaute sich Katzen an. Die Frau streichelt gerade einen schwarzen Kater, der auf einem Regal saß. Felix sah seine Chance gekommen, die beiden waren *seine* Menschen. Irgendetwas sagte ihm, dass er es bei diesen Leuten gut haben werde. Er sprang auf die Schulter des Mannes, dieser erschreckte sich und schubste Felix seiner Frau in die Arme. Sie hielt ihn gleich fest und er gab ihr Köpfchen. Sie sagte zu ihrem Mann: „Der ist es, er will zu uns und deshalb nehmen wir ihn mit." Es wurden alle Formalitäten erledigt und sie nahmen Felix mit zu sich nach Hause. Als er dort ankam, hatten sie schon alles für ihn gekauft. Er bekam seine eigenen Näpfe, ein Katzenklo und sogar Spielmäuse. Felix inspizierte die ganze Wohnung, dann futterte er ein paar Bröckchen, ging auf's Klo, sprang dann auf den Schoß von Gisela und genoss die Streicheleinheiten.

In der Nacht fing er drei Mäuse und legte diese vor die Schlafzimmertür. Damit hatte er seinen Einstand gegeben.

Felix bekommt einen Freund

Felix fühlte sich wohl bei seinen Menschen. Sie verwöhnten ihn aber auch sehr. Dann, nach einem dreiviertel Jahr, wollten Gisela und Peter in den Urlaub fahren. Ihre Tochter sollte in der Zwischenzeit auf den Kater aufpassen.

Doch Gisela konnte die Zeit gar nicht richtig genießen, sie hatte furchtbare Sehnsucht nach dem Kater. Deshalb fuhren sie ein paar Tage früher zurück.

Als sie wieder zu Hause waren, wollten sie abends Essen gehen. Auf dem Weg zum Restaurant hörten sie ein kleines Stimmchen, das jammerte. Sie schauten nach und sahen, dass es ein winziges Kätzchen war. Gisela wollte es fangen, doch das Kleine hatte Angst und rannte immer davon. Irgendwann wurde es müde und legte sich hin, endlich konnte Gisela das kleine Ding auf den Arm nehmen. Dann nahmen sie es mit nach Hause.

Das Kätzchen war höchstens vier Wochen alt. Gisela badete es erst einmal, denn es roch sehr unangenehm. Danach bekam es etwas zu futtern. Sie stellten fest, dass es ein kleiner Kater war. Sie nannten ihn Willi. Nach dem Fressen spielte er, wobei er immer wieder seine Krallen einsetzte. Wahrscheinlich war der Kleine ein Bauernhofkätzchen gewesen und noch nicht so mit Menschen vertraut. Später schlief er unter einer Lampe. Gisela hatte extra einen Wollschal hingelegt.

Felix hingegen kam nicht aus dem Schlafzimmer, er benahm sich schon seit ein paar Tagen so komisch.

Felix ist krank

Felix hatte starke Schmerzen. Er war vor zwei Tagen auf den Schreibtisch gesprungen und ausgerutscht. Dabei fiel er auf sein Hinterteil. Die beiden Menschen bekamen davon aber nichts mit. Erst später, als er sich kaum noch bewegte, merkten sie, dass mit Felix irgendetwas nicht stimmte. Deshalb fuhren sie mit ihm zum Tierarzt. Willi nahmen sie gleich mit.

Der Arzt meinte, ohne zu röntgen, dass es ein Schwanzabriss wäre und er ihn amputieren müsse. Doch Gisela und Peter wollten lieber noch eine zweite Meinung einholen, deshalb fuhren sie zu einer anderen Tierärztin. Diese röntgte den Rücken von Felix und stellte fest, dass der Kater einen Bandscheibenvorfall hatte. Sie gab ihnen ein Pulver mit, das sie unter sein Futter mischen sollten. Willi wurde auch untersucht, aber bis auf ein paar Würmer war er kerngesund.

Nach wenigen Tagen ging es Felix wieder gut.

Felix und Willi

Willi suchte immer die Nähe von Felix, doch dieser fauchte und knurrte den Kleinen an. Ihm war das kleine Fellbündel nicht ganz geheuer. Er fraß kaum noch, nahm nur das Nötigste zu sich, um zu überleben. Auf Giselas Schoß legte er sich auch nicht mehr. Nach all seinen Abenteuern hatte Felix Angst, dass Gisela und Peter ihn wieder aussetzen würden.

Das ging nun seit Tagen so, die Menschen überlegten sich schon, Willi in gute Hände zu geben. Denn Felix sollte es gut haben. Doch dann, eines Tages, lagen beide gemeinsam auf einer Decke. Das Eis war gebrochen, von nun an machten sie vieles gemeinsam. Es gab auch ab und zu kleine Rangeleien um die Rangordnung, doch diese gingen immer glimpflich aus.

Felix war endlich angekommen und wollte nie wieder von hier weg.

Felix und Willi lebten fast sieben Jahre als gute Kumpels zusammen.

Nachwort

Diese Geschichte ist frei erfunden. Was Felix erlebte, bis er zu uns kam, wusste nur er allein. Er hatte immer Angst vor Zeitungen und Hausschuhen. Felix ordnete sich auch unserem Kater Willi unter, obwohl dieser viel jünger war. Mit ihm verstand er sich relativ schnell.

Er lebte bis zum 15. Juni 2001 bei uns. Leider mussten wir ihn einschläfern lassen, weil seine Nieren durch das hohe Alter versagten. Die Tierärztin meinte, dass er schon viel älter gewesen sein müsse, als uns das die Tierpflegerin gesagt hatte. Aber es war uns egal, Felix bescherte uns eine sehr schöne Zeit. Durch ihn habe ich Katzen lieben gelernt. Wir vermissen ihn immer noch!

Leider gibt es noch unsagbar viel Tierleid auf dieser Welt. Doch wenn jeder ein kleines bisschen dazu beiträgt, dass es unseren Tieren gut geht, dann ist schon viel gewonnen.

Man kann ohne Katzen leben, aber es muss nicht sein ...

Mit der Rettung eines Tieres können wir nicht die ganze Welt verändern.
Doch für dieses eine gerettete Tier, verändert sich die ganze Welt.

Danksagung

Ich danke Jutta Abraham, Lisa Bandermann und meinem Mann Peter, der wieder sehr viel Geduld mit mir hatte.

„Emmy" Ein langer Weg zum Glück.

ISBN: 978-3-7322-4275-7

11,50 €

Paperback, 140 Seiten

Verlag: Books on Demand

„Mohrly" Ein kleiner Kater sucht seine Familie.

ISBN: 978-3-7322-4108-8

12,50 €

Paperback, 152 Seiten

Verlag: Books on Demand